O CIDADÃO INCOMUM
SURREAL

PEDRO IVO

NOTA DO AUTOR

UAU. COMO ESSA CONTINUAÇÃO DEMOROU A SAIR. TAMBÉM, PUDERA.

Veja tudo o que enfrentamos nos últimos cinco anos. Foi quase um apocalipse por dia. Só o fato de você estar aqui lendo isso já é mais ou menos um milagre.

O mundo mudou demais nos últimos anos e *O Cidadão Incomum* também. Seu universo expandiu para os gibis e ganhou vida própria. Novos personagens e histórias incríveis surgiram e hoje, Caliel e Eder, bem como todo seu universo, são parte da vida de milhares de leitores. Isso é muito maior e mais legal do que eu poderia imaginar. Por isso, é hora de voltar à conturbada jornada pessoal do herói que iniciou isso tudo.

Em *O Cidadão Incomum 2 – Surreal*, Caliel, mais maduro e motivado que nunca, mergulha fundo na investigação sobre a origem dos seus poderes e se depara com uma realidade muito mais perigosa, imprevisível e sinistra do que conseguiria pensar, ao mesmo tempo em que enfrenta suas angústias, desejos e dramas pessoais.

Para mim, a saga de Caliel é sobre mudanças. Ou melhor, sobre como lidar, compreender e respeitar as mudanças em nossas vidas. Porque viver é mudar, e mudar é difícil. Sempre que a vida se impõe, somos obrigados a atravessar uma dura jornada interior para rever quem somos e determinar quem seremos diante do novo. Essa é a luta real de todo e qualquer cidadão ou cidadã, comum ou incomum, que optou pela vida adulta.

Caliel será desafiado como nunca e terá que reavaliar seus valores se quiser conquistar o direito de existir em um mundo que parece ter sido criado para sufocar seus planos e potencial. Se identificou? Então este livro é para você.

Durante a história, você encontrará personagens e citações sobre eventos que aconteceram no quadrinho *Cidadão Incomum – A Ponta do Iceberg* no livro *Entre Mundos*, mas não se preocupe. Você não precisa ter lido essas obras para compreender o que vem por aí, mas estará sempre convidado a conhecer mais sobre esse universo que não para de se expandir.

Retornar à vida de Caliel é como voltar para casa. Tudo aqui é pessoal, íntimo, tem cheiro de nostalgia e gosto de novidade. E compartilhar essa intimidade com você é um privilégio para mim. Obrigado por estar aqui e espero, do fundo do meu coração, que você se divirta, se emocione, ria e chore comigo.

Gratidão sempre,

Pedro Ivo.

"A Liberdade é gratuita, mas não é barata. Ela custa o mundo, seus apegos, sua vida... sua identidade." – Mooji

TODA BOA HISTÓRIA DE SUPER-HERÓI É REGADA A DOSES DE VIOLÊNCIA
extrema, perigo absoluto e um crescente estado de urgência. Quanto maiores os desafios, maior o herói. Ele é a personificação da resistência, do sacrifício, a soma das virtudes humanas. Isso é um herói. Bem, eu não era esse cara.

Meu nome é Caliel. Um dia meu corpo decidiu que podia quebrar algumas leis. As da física, da lógica, do bom senso... Tudo aquilo que a educação tradicional dizia e a ciência moderna atestava ser impossível; meu corpo, sem que eu quisesse, provou o contrário. E isso deixou muita gente com medo.

Não sabia nada sobre os poderes e, junto ao meu melhor amigo Eder, travamos um longo e doloroso caminho para descobrir quem ou o que eu era. Parte desse caminho está aqui, neste relato. Mas não se engane: a história da minha vida até se confunde com as dos gibis em alguns aspectos. Só que aqui o buraco é mais embaixo. Não espere capas, poses, lições de moral ou desfechos previsíveis. No começo, eu achava que podia levar uma vida de heroísmo e fazer a diferença, mas isso não existe no mundo real. Ainda assim, enfrentei vilões. Não monstros do espaço ou cientistas megalomaníacos. Os vilões que enfrentei estão diante de você agora mesmo, decidindo a sua vida. Mas, acredite ou não na minha história, espero que ela o inspire a questionar sua realidade, a pensar para além das aparências e do véu de ilusão da televisão, dos costumes e religiões. Existe um mundo extraordinário implorando para ser descoberto por você. Abra os olhos.

Meu nome é Caliel e esta é a história de como desafiei todo o sistema. E de como eu, talvez o ser humano mais poderoso do mundo contemporâneo, fracassei.

Mas antes, me permita recapitular:

Quando os poderes começaram a se manifestar, há pouco mais um ano, tentei desesperadamente entender o que estava acontecendo, e matei sem querer uma pessoa no processo. Seu nome? João de Pádua. Pai, marido e trabalhador. Confiei o segredo dos poderes e do acidente ao meu então melhor amigo, que acabou dedicando boa parte da sua vida a me ajudar nas roubadas em que me meti.

Pouco tempo depois, de forma bastante curiosa, conheci Klaus, um sujeito desfigurado, paradoxal e misterioso que vivia nas Cracolândias de São Paulo. Poderia escrever vinte ou trinta páginas repletas de opiniões sobre ele. Klaus bebia água pela pele, demonstrava ter poderes semelhantes aos meus e parecia ter mais experiência com eles. Apesar disso, preferiu se manter afastado do que enfrentei a seguir.

A crise começou quando minhas noites de voo por São Paulo e iniciativas super-heroicas – malditos gibis! – começaram a aparecer nas câmeras de vigilância e de celulares, e chamaram a atenção de um pequeno grupo de pessoas. Com muita grana, um forte esquema de inteligência e muito terrorismo, esse grupo fez da minha vida um inferno. Invadiram meu apartamento e sequestraram Eder, tudo para promover um encontro na mansão de um magnata do ramo de supermercados. É. Eu sei o quanto isso soa aleatório. Mas ali conheci alguns dos homens e mulheres mais poderosos e influentes do país. Políticos, médicos, chefões da mídia e empresários do mais alto escalão. Dos tipos que vivem aparecendo nos noticiários, mas que, na maioria das vezes, não prestamos atenção. Estavam todos ali, diante de mim, interessados nos meus poderes e nos proveitos que poderiam tirar em troca de todos os privilégios que um cara da minha idade poderia querer.

Tentador, admito. Não rasgo dinheiro. Porém aquilo cheirava mal. Não era para mim. Recusei a oferta e, claro, as ameaças vieram. Confiante, achei que ninguém travaria uma guerra contra mim. Afinal, eu tinha poderes. Erro clássico.

Semanas depois, Klaus, enfim decidido a colaborar, me entregou uma lista com sete nomes de pessoas que, segundo ele, poderiam me ajudar a descobrir mais sobre a origem dos meus dons. Essa lista foi o centro do nosso universo, meu e de Eder, durante alguns meses, mas não conseguimos descobrir nada. Fora que minha empreitada como super-herói em São Paulo já estava causando problemas demais.

Contrariando as recomendações do meu amigo, interferi em um assalto a ônibus em pleno horário de pico e me expus para centenas de pessoas e câmeras. Incapacitei o bandido conhecido como Zika e salvei o dia, mas o cara escapou. O caso escalonou, chamou a atenção da mídia, envolveu a polícia e terminou com uma cena trágica em plena Catedral da Sé. Foi uma história complicada que terminou comigo esmurrado por um cara que desapareceu em pleno ar e com Eder esfaqueado por Zika. Entretanto, por milagre, sobrevivemos.

Esse lance todo com Zika mais a rotina pesada e tensa que vivíamos nos endureceu e modificou a forma como encarávamos as coisas. Por outro lado, fortaleceu nossa determinação em descobrir a origem dos meus poderes. Talvez essa busca fosse a única coisa que nos unia. Isso e minha habilidade extraordinária de fazer besteira, como você vai ver a seguir.

TOM & JERRY

SÃO PAULO. MADRUGADA.

Um carro prata com vidros escuros seguia em alta velocidade pela avenida 23 de Maio, que liga as Zonas Norte e Sul da cidade, acompanhado por duas motos. Deviam estar batendo a casa dos 120km/h. Costuravam os poucos veículos à frente com precisão cirúrgica, raspando a tinta. Doze minutos antes e a três quilômetros dali, um depósito de uma transportadora de valores tinha sido roubado. Saldo: três seguranças mortos, dois policiais feridos e muito estrago. O grupo, de aproximadamente trinta homens, se dispersou no local. Mas não sei por que cargas d'água decidiram pegar uma das maiores avenidas da cidade.

– Encontrou? – disse Eder pelo fone.

– Encontrei. Estão seguindo pela 23. Sentido sul.

– Putz! Pode crer. A pista tá parcialmente fechada no sentido norte. Eles têm o trajeto livre de tráfego. Em qual altura você...?

– Cinquenta metros mais ou menos. Desliga aí que vou descer.

– Fica afastado, Caliel! Não vai dar certo!

– Desliga, Eder.

Mergulhei em direção à avenida e me mantive a três metros do asfalto, passando por cima de carros e contornando caminhões. Já era alta madrugada. Queria pegá-los antes que chegassem ao túnel.

– Como cê vai parar o carro? – perguntou Eder, quase gritando.

– Mano! Desliga!

– Cê vai se expor e causar um acidente!

– Você tá me desconcentrando!

– Inferno!

Ri debaixo do capuz. Sempre que Eder ficava nervoso, falava em falsetes engraçadíssimos. Cheguei mais perto e elevei a altitude para mais um metro. Os motociclistas emparelharam o carro, ambos com jaquetas grossas e capacetes escuros. Provavelmente armados. Eu tinha três opções:

1) Manipular o carro à distância e forçar a desaceleração do veículo. Mas o conjunto de variáveis era imenso. Teria que me manter no ar, compensar a aceleração do veículo, lidar com os motoqueiros... Seria como contar até dez em pensamento e recitar o alfabeto em voz alta ao mesmo tempo. Quase impossível.

2) Pousar repentinamente no capô do carro, quebrar o vidro, entrar, fazer o motorista dormir na porrada e dominar a situação. Bom, seria divertido. Mas não sabia dirigir, que dirá controlar um carro em alta velocidade numa avenida cheia de curvas.

3) Segui-los por cima até o ponto de destino e ligar para a polícia. Ok. Chance zero de fracasso. Por outro lado, estavam dirigindo alucinadamente. Podiam provocar um grave acidente durante o percurso.

Isoladas, não eram boas alternativas. Mas juntas... Arqueei o tronco e subi, triplicando a velocidade. Sobrevoei os viadutos, parei bem em cima da saída do túnel e pousei como um genuíno super-herói na avenida, porém tomando cuidado para não rachar o pavimento.

O carro vinha em rota de colisão comigo. A ideia era obrigá-lo a desviar ou diminuir a velocidade para que eu pudesse fazer meu show. Entretanto, ao me ver no meio da avenida, acelerou.

Óbvio.

Então, estiquei os braços, tranquei a respiração e engoli o medo. O segredo era controlar o peso. Nem muito leve, nem muito pesado. *Vai dar certo, vai dar certo, vai dar certo...* As duas motos se afastaram do veículo. Deu pra ver um dos motociclistas sacar uma arma. Mãos formigando, joelhos flexionados e bum... O tempo desacelerou. Os motoqueiros passaram por mim em câmera lenta e memorizei os detalhes de cada um. Foquei a atenção no motorista, que juntou os ombros sem tirar as mãos do volante. Estava de cinto de segurança. Sorte dele. Abaixei um pouco os braços e finquei os dedos nos para-choques. Mal senti o impacto, mas a força cinética era irresistível. Meus pés se arrastaram pelo asfalto, gastando as solas das botas como margarina na grelha. Não podia vencer daquele jeito, então levitei e continuei empurrando, criando resistência com a força de voo por mais ou menos uns vinte ou trinta metros. Como o danado continuava acelerando, usei o ombro. Com o braço livre, afundei a mão na tampa do capô e a arranquei com violência. Isso, além de impressionar o bandido, fez os *airbags* serem acionados e o carro perdeu completamente o controle. Saltei. Mesmo mais lento, o carro ziguezagueou por alguns metros e bateu com a lateral no poste do meio-fio.

Achei que pelo menos uma das motos pararia para dar apoio, no entanto todas foram embora. Pousei ao lado do carro e arranquei uma das portas. O piloto, abraçado ao painel, gemia, sangrava e estava com uma bela fratura exposta em uma das pernas. Ia sobreviver.

– N-não acredito... – disse o cara olhando para mim e lutando para se manter consciente.

– Acredite – respondi fazendo uma voz de Batman.

Segurei sua cabeça, impedindo-o de me encarar mais de perto, e olhei para o banco traseiro. Bingo! Duas grandes caixas lacradas com o logo da OrgaForce, a tal empresa de transporte de valores, praticamente intactas. Em seguida, revistei o meliante. Encontrei uma pistola acoplada debaixo do painel e a guardei comigo.

Olhei rapidamente ao redor. Fora as cabeças que começaram a aparecer nas janelas dos prédios em volta, não havia testemunhas. Ouvi as sirenes ecoarem dentro do túnel e decolei rápido na esperança de alcançar os motoqueiros. No caminho, pressionei o botão do fone.

– Eder!

– Fala.

– Interceptei o carro, mas...

– Interceptou como?

– Escuta! Ele estava escoltado por duas motos, que escaparam. Tô procurando.

– Ok. Fica na linha.

Voei baixo por quase três quilômetros pela avenida, mas não os encontrei. Deviam ter pegado alguma saída. Subi para uns 150 metros e liguei meu "radar emocional". Todo ser vivo tem uma espécie de aura que varia de cor e intensidade conforme seu estado de espírito. Quando me concentrava, podia ver essas cores saindo das pessoas. Claro que havia sutilezas e diferenças. Interpretar as cores era complexo e chato. Raramente me arriscava. Mas uma pessoa em fuga, praticamente jorrando adrenalina pelos poros, era como se tivesse uma seta de neon vermelha sobre a cabeça.

Entre o caos de luzes multicoloridas das ruas, pessoas e prédios, um pontinho se destacou, movendo-se muito além da velocidade permitida. Voei rápido na sua direção e, *voilà*, era um dos motoqueiros. O segui pelo alto por alguns quarteirões enquanto esperava o sinal do celular voltar. Às vezes, quando voava muito rápido ou exagerava nos poderes, a comunicação falhava.

— Ed. Tô perseguindo um deles.

— O que você vai fazer?

— Preciso do endereço da delegacia mais próxima.

— Cê não tá pensando em jogar o cara na frente de uma DP, né?

— Tô. Não corta o meu barato.

— Não discuto mais. Peraí.

Memorizei o trajeto até a delegacia e mergulhei. Cheguei voando raso por trás e agarrei o motoqueiro pela cintura, tomando cuidado para que o tranco não quebrasse o pescoço dele, e derrubei a moto, que deslizou pela rua até parar. Nunca havia feito aquilo e achei que teria problemas com o peso extra, mas foi sopinha no mel. Quer dizer, quase. O cara não parava de espernear.

Parei em frente à delegacia, a uns três metros do chão. Antes de soltá-lo, abri sua jaqueta e tirei uma pistola. O cara gritava tanto que começou a chamar atenção. Larguei. Uma queda àquela altura não mata, mas, somada à experiência de voar por sete quarteirões comigo, tirou dele a vontade de fugir. Abri o pente da arma e deixei as balas caírem sobre ele, que gritava apontando para cima. Os policiais o socorreram rápido, mas o rapaz teria uma bela explicação a dar.

Cinco minutos depois, estava sobrevoando o rio Tietê. Havia escondido um saco submerso entre duas tubulações de esgoto, onde guardava as armas que capturava. Achava que fazia mais sentido tirá-las definitivamente de circulação do que simplesmente entregá-las às autoridades. Aliás, em um ano de serviço, já tinha praticamente um arsenal. Duas granadas, sete fuzis, 13 revólveres (dois de brinquedo) e alguns canivetes e facões. Precisava arrumar uma forma de incinerar tudo aquilo. Às vezes, coletava drogas também. Mas era mais fácil me livrar delas.

É. A vida era boa. Havia praticamente dominado os poderes. Tudo parecia ter entrado nos eixos. Eder e eu estávamos mais alinhados que nunca e tínhamos aprendido com os erros. Por mais divertido que fosse surpreender bandidos e dificultar a vida de traficantes, percebemos – das piores maneiras – que antecipar o trabalho da polícia era uma falha grave e até criminosa. Confundia o sistema e causava mais problemas que soluções. Então, centramos nossos esforços em apoiar a força policial nas ocorrências mais extremas. Fora isso, tentávamos prestar serviço útil à comunidade, oferecendo proteção à distância aos grupos de assistência social, que percorriam as madrugadas com doações de alimento, cobertores e acompanhamento médico e psicológico. Nossas prioridades eram descobrir a origem dos poderes, nos manter invisíveis e, enquanto isso, proteger vidas.

Cheguei perto de casa e cumpri o ritual de circular as imediações antes de pousar na sacada. Às vezes, demorava até que conseguisse uma brecha para entrar sem correr o risco de ser visto. Havíamos nos mudado duas vezes depois que fomos descobertos por Silvio Santana e seu grupinho elitista. Mas, como sempre nos encontravam, desistimos. De duas a quatro noites por semana, um carro preto ficava estacionado na frente do nosso prédio. Foi assustador no começo, até o dia em que mandei entregar uma pizza de calabresa com um bilhete escrito "podia ser sua cabeça". O fato era que nós sabíamos que eles nos observavam e eles sabiam que nós sabíamos. Estavam lá naquela noite.

Entrei pela sacada tirando o capuz. A sala era o nosso escritório e Eder estava concentrado no computador, lendo alguma coisa na tela. Pela cara que fazia, parecia importante. Quando percebeu minha presença, deu um salto da cadeira e fechou o laptop com rapidez.

– Não faz isso, Caliel!

– Tava vendo pornografia, né?

– Não! Eu tava... Tem uma coisa que...

– Calma. Tô brincando. Respira.

– Não chega pelas minhas costas, cara!

– Não quis te assustar.

– Saco!

Eder se levantou e caminhou até a cozinha. O que quer que ele tenha visto no computador o tinha deixado perturbado.

– O que você tem? – perguntei.

– Nada. Coisa minha, mano. Deixa pra lá. E aí? Me conta. A polícia conseguiu pegar os outros bandidos?

– Hm, conseguiu. Teve tiroteio, mas ninguém se machucou. Não dá pra saber o quanto foi recuperado, nem o que tinha naquelas caixas. Amanhã deve sair alguma coisa nos jornais. Ajudamos a frustrar um assalto sem piorar as coisas.

– Ponto pra gente!

Eder esboçou um raro sorriso, mas de repente franziu a testa, farejou o ar e fez uma expressão de nojo.

– Meu Deus, Caliel! Que cheiro de esgoto é esse?! – perguntou aos berros.

– Tô ligado.

– Cê voou pela Marginal de novo?

– Já vou colocar a roupa pra lavar.

– Deixa de molho e desinfeta a máquina depois. Cruzes!

– Sim, senhor.

– A propósito, sua mãe te ligou. Disse que você não responde às mensagens dela e pediu pra você ligar.

– Hm, tá. Obrigado. O que você tava vendo quando cheguei?

– Lembra do Jae Jim, o blogueiro?

– Lembro. O teórico da conspiração mais burro que já vi.

– Ele mesmo. Agora o cara tem um canal na internet, dedicado quase que exclusivamente ao Cidadão Incomum.

– Eita que esse nome pegou.

– Pegou. Eu acho legal. Tem um certo apelo social...

Toda semana aparecia algum site ou canal com "provas irrefutáveis" de que São Paulo abrigava um homem vo-

ador. Relatos, vídeos de câmera de segurança e celulares...
Depois que o caso do assalto ao ônibus estourou a bolha
da internet, a pergunta não era mais se havia algo de estranho acontecendo na cidade, mas o que era. E, sinceramente, isso complicava mais a minha vida.

Para muito além dos memes e discussões mais sérias, do tipo: "Como a súbita crença de um super-herói em São Paulo reflete a maneira como encaramos tempos de crise" ou "estaria a polícia testando secretamente um modelo revolucionário de drone sem o consentimento da população?", muita gente começou a organizar investigações sérias para descobrir se eu era real ou não. Então, além de lidar com as pessoas que já me perseguiam, ainda tinha que cuidar para não ser descoberto por blogueiros, como o tal do Jae Jim.

Passei o resto da madrugada tentando tirar o cheiro de esgoto do traje. Não era só o fato de eu voar próximo à Marginal. O ar de São Paulo era imundo. O capuz ficava com uma crosta difícil de tirar. A jaqueta estava rasgando nas pontas de tanto que chicoteava no ar e havia praticamente perdido as solas das botas. Precisava de luvas sobressalentes e visores maiores.

Eder acordou cedo para ir ao trabalho. Morto de sono, quase cambaleando e extremamente mal-humorado. Ficava admirado de ver como ele conseguia conciliar a vida dupla. Se manteve no emprego, acumulou duas promoções e, às vezes, até ajudava com a poupança de seus pais. Eu colaborava com as contas conforme desse. Trabalhava como redator, escrevendo pautas dos mais variados temas para blogs especializados. Ganhava por cada texto enviado e aprovado.

– Já fiz sua reserva no hotel. Pra hoje – disse Eder em tom apressado.

– Hotel? Que hotel?

– Não viu meu e-mail, né?

– Putz! Não.

– Imaginei. Te enviei todas as especificações. Usa a identidade falsa, tá?

– Qual?

– A número três. Gabriel Navarro. Leva meu cartão de crédito. Tá em cima da mesa. Ah, antes de sair, dá uma checada nas condições do tempo. A mochila que você vai usar não é reforçada, nem impermeável. Pode danificar o laptop.

– O que aconteceu com a outra mochila? A azul?

– Você explodiu.

– Verdade. Pra onde eu vou mesmo?

– Nordeste, Caliel – respondeu impacientemente – Só leia a porcaria do e-mail.

Quinze horas depois, lá estava eu, milhares de quilômetros de casa, flutuando no céu noturno do Ceará, mais ou menos próximo a uma cidade chamada Canindé. Ficava extasiado sempre que ia para esses lugares. Em São Paulo, as luzes vinham debaixo. Ali, era a noite pura, forrada de estrelas. Poderia passar noites e noites voando de barriga pra cima, só observando o infinito. Mas eu não estava de férias. Acredite se quiser, estava caçando um óvni.

Por definição, caso você não saiba, óvni é um objeto voador não identificado. A maioria das pessoas acredita em discos voadores, alienígenas, essas coisas. Eder tinha uma teoria diferente.

Assim que cheguei ao ponto indicado no GPS, liguei para Eder, que atendeu no primeiro toque.

– Chegou? – perguntou ele, com a voz cansada.

– Acho que sim. Compartilhei minha localização contigo. Recebeu aí?

– Recebi. O que você vê daí de cima?

– Estou, hã, ao norte da cidade. Bem em cima de um aglomerado de casas.

– Você deve estar próximo ao local onde o óvni foi avistado. Fique afastado. Os relatos dizem que o objeto emitia uma luz azul e ficava flutuando próximo às pessoas. Você leu o e-mail?

– Li. Mas você devia ter me consultado antes de planejar essa viagem.

– Eu te consultei, mano. Vai, não me estressa... Repassa comigo as coisas.

– Ok. Um óvni tem aparecido aqui com frequência e, segundo consta, moradores da região chegaram a apontar lanternas para o objeto, que "respondeu" mudando a intensidade da luz. Se eu vir qualquer coisa brilhando, uso a minha luz para me comunicar. É isso?

– Isso. Se ele piscar, você pisca...

– Não acredito que estou tendo essa conversa.

– Se concentra, Caliel!

– Cê não acha mesmo que são aliens, né?

– Acho que pode ser alguém tentando se comunicar.

– Alien?

– Alguém como você.

– Certo.

– Ou alien.

– Sabia!

– Se concentra.

– Tá, tá. Deixa comigo.

Não gostava de perder meu tempo daquele jeito. Embora fizesse todo o sentido do mundo, passar a noite caçando discos voadores não era lá muito divertido. Me sentia meio idiota.

Fiquei ali suspenso no ar por mais ou menos duas horas. Já havia mandado mais de vinte mensagens para Eder, que visualizava e não respondia. Eu estava dividido entre a falta de paciência e a curiosidade de saber o que um encontro com um óvni podia gerar.

Certo de que não sairia coelho daquela moita, comecei a me preparar para ir embora. Foi quando notei uma coisa se mover no horizonte. Não tinha luz e fazia um zunido que aumentava conforme se aproximava. Coloquei o celular no bolso, tranquei a respiração e minhas mãos se acenderam instintivamente. Finalmente, alguma coisa iria acontecer.

De repente, ouvi um segundo zunido atrás de mim e minha esperança de sair na porrada com alienígenas foi por água abaixo. Eram helicópteros. Pretos, diferentes dos convencionais, maiores e de aparência militar, que não demoraram a lançar dois fortes cones de luz na minha direção.

Pronto. Lá estava eu cercado, completamente exposto e sem a menor ideia do que fazer. Apesar dos vidros escuros das cabines, dava para ver duas silhuetas dentro de cada aeronave. Pareciam se comunicar via rádio com alguém. Quase dava para sentir o gosto da perplexidade dos pilotos. Que mente não explodiria ao ver um homem encapuzado voador?

Parte de mim até queria ficar e ver no que aquilo ia dar. Atirariam? Pediriam reforços? Será que existia um protocolo de ação para situações desse tipo? Não fiquei para descobrir. Ergui meus braços e subi tão rápido quanto pude, sumindo do campo de visão dos pilotos, que tentaram me procurar por mais alguns minutos antes de bater em retirada. Segui-los não era uma opção. Eu é que não ia mexer no vespeiro.

Voei de volta para Salvador, onde estava hospedado. Eder foi muito criterioso ao escolher um hotel à beira-mar. Não pelo luxo, porque a gente não estava com essa bola toda, mas pela facilidade de pousar e decolar sem ser visto. Era só contornar a orla, me afastar da terra firme e reaproximar em altitude bem baixa, fazendo parecer que eu saía do mar. Claro que isso funcionava melhor à noite e em pontos onde a praia próxima ao hotel era mais deserta. E fazia tudo tão rápido que, se alguém me visse, só estranharia o cara de capuz que apareceu do nada. Não tinha erro. Assim que pus os pés na areia, tirei o capuz e as viseiras e me ajeitei, retirando também a jaqueta. Pronto. Estava relativamente igual a uma pessoa normal.

Entrei pela porta principal do hotel e cumprimentei de longe o recepcionista. Seu nome era Eustáquio. Ele achava que eu era um cantor de uma pequena banda de rock em ascensão, fazendo uma temporada de shows na Bahia. Bom, foi o que contei a ele quando fiz o *check-in* horas antes.

– Como foi o show, seu Gabriel? – Nome falso, lembra?

– Uma loucura, Eustáquio. Tô acabadão. Seu turno acaba que horas?

– Ih, vai até o fim da manhã.

– Manda bala aí... Depois eu te conto.

Cheguei ao quarto e fui direto para o laptop. Abri o Google e puxei uma lista de todos os tipos de helicópteros que existiam, começando pelos militares. Encontrei um modelo bastante parecido, que pertencia à Força Aérea Brasileira. Parecido, mas não igual.

Como não entendia nada de helicópteros, deixei a pesquisa de lado e relaxei os ombros para pensar direito. Afinal, eu havia acabado de ser localizado. Mas como? Será que eu tinha aparecido em algum radar ou foi só azar? Por que aquelas aeronaves eram tão mais silenciosas que os helicópteros comuns? E por que voavam à noite e sem qualquer sinalização? Eu estava sendo imprudente demais a ponto de ser tão fácil assim me notar? Se o exército estava ciente da minha existência, ou se passaria a estar depois daquela noite, bem... As coisas podiam se complicar.

O som do celular vibrando sobre a mesa interrompeu meu monólogo interno. Era Eder, enfim.

– Oi, Ed.

– Como foi?

– Nada de disco voador e nada de gente com poderes. Dei de cara com dois helicópteros lá.

– Cê tá de onda...

– Não. Dois helicópteros grandes, pretos e assustadores.

– Tem certeza, mano?

– Tenho. Acho que o povo se confundiu.

– Não faz sentido. Como alguém confunde um helicóptero com um óvni?

– Bom, não eram helicópteros comuns. Me faz um favor? Tenta descobrir onde ficam as bases da Força Aérea aqui no Nordeste. Pode ser que eu tenha sido pego pelos radares.

– Cara, não faz sentido!

– Falei que não ia dar certo, Eder. Vamos repensar essa busca.

– Nem a pau, Caliel! A gente não pode perder o foco.

– Não vamos perder o...

– Ó, fiz um levantamento aqui... Em média, sabe quantos relatos de avistamentos de óvnis são registrados por dia só no Brasil? De 40 a 45. Por dia! Isso porque a maioria tem medo de ser ridicularizada e acaba não falando nada.

– Tá certo. Mas...

– Não acaba por aí, não.

– Me escuta, cara...

– O Nordeste é a terceira região no país com o maior número de casos envolvendo óvnis, perdendo só para os estados de Minas e Amazonas. O governo liberou há alguns anos boa parte dos documentos que estavam em posse da Força Aérea Brasileira, que mostram mais de sessenta anos de casos de avistamentos, abduções e até ataques de óvnis a comunidades ribeirinhas, que foram oficialmente investigados. Não entendo como isso não é levado a sério! Há um caso aqui de uma cidade onde pessoas foram atacadas por feixes de luz, e até o...

– Eder! Já entendi!

– Não entendeu, não! Os seus poderes podem ter relação com esses fatos.

– Não vejo como.

– Não vê por que não abre os e-mails que eu te mando! Não estuda! Na maioria dos casos em que uma pessoa avista um óvni, há um padrão de comportamento do objeto que é quase idêntico ao seu. As luzes, o tamanho, as coisas que esses óvnis fazem... Para pra pensar. E se os discos voadores forem pessoas? Um tipo completamente diferente de ser humano. Quantos como você não podem estar por aí agora?

— Tudo bem, tudo bem. Você pode estar certo, mas eu acho que estamos começando a dar bandeira demais. Acabei de ser visto!

— Aí que tá, Caliel! Eles sabem que essas coisas existem. Há uma série de casos registrados, com o governo praticamente dizendo "sim, nós sabemos que esses fenômenos existem e não temos a menor ideia do que fazer"!

— Desde quando minha vida virou o Arquivo X?

— Aquele seu amigo que fica invisível, qual é o nome dele?

— Klaus. O que tem ele?

— Você mesmo disse que ele é todo deformado, com olhos grandes, cabeçudo, metido a telepata...

— O Klaus não é um extraterrestre. Isso não faz o menor sentido!

— Você é que não gosta do sentido que isso faz, mano. Ok. Posso estar exagerando? Posso. Só que você já olhou pra essa lista de nomes que ele nos passou? É a coisa mais furada do mundo! A gente passou meses olhando pra esses nomes e tentando achar essas pessoas! Elas não existem, Caliel! Um exemplo aqui: Regina Albuquerque. Sabe quantas Reginas Albuquerques existem no Brasil? Tatiana Camargo, Elias dos Santos, Jacqueline... Se eu tentar localizar cada indivíduo no mundo com esses nomes, não faço outra coisa da vida.

— Tá legal, Eder... Volta um pouco pra realidade, tá? A gente está sem dinheiro e estou com trabalho acumulando aí em São Paulo... Sem falar que, neste exato momento, a Força Aérea deve estar falando sobre mim. Isso me dá nos nervos.

– Fica aí mais uma noite. Vamos tentar de novo amanhã.

– Não sei, cara.

– O problema é seu, então. Tô me matando aqui para descobrir as coisas e você fica fazendo corpo mole.

– Não é corpo mole! Você tá muito acelerado, cara!

– E você tá muito lento...!

No exato momento em que Eder terminou a frase, ouvi um clique misturado ao som da sua voz. Tão minúsculo e rápido que eu sequer ouviria se já não estivesse com a pulga atrás da orelha. Foi então que a boa e velha paranoia começou a tomar conta de mim, dizendo: Vaza daí, Caliel! Vaza!

– Tô indo pra casa, Ed. Chego aí no começo da manhã e a gente conversa.

Desliguei o celular, o computador e me certifiquei de que a porta estava trancada. Não tinha a menor ideia se ligações grampeadas faziam cliques, mas não ia ficar esperando baterem na porta.

Enfiei o laptop na mochila junto com minhas roupas, vesti uma jaqueta de couro mais grossa, que eu usava para voos mais longos junto com um capacete comum, e dei uma olhada geral no recinto antes de sair. Não queria deixar rastros.

No elevador, saquei o cartão do banco para agilizar o *checkout* e a identidade falsa. Antes que me pergunte: não,

não me orgulhava de fazer isso. Comprar documentos falsos é crime. Mas é um crime que você também cometeria se estivesse no meu lugar.

Caminhei direto para a recepção com ares de apressado. Era só pagar a conta, dar um sorrisinho e sair logo dali. Simples.

Só que não.

Assim que cheguei ao balcão, distraído com os milhares de pensamentos por segundo que saltavam à minha mente, fui surpreendido por um homem de quase dois metros de altura. Negro, bem forte e que nunca havia visto durante a semana em que fiquei hospedado.

– Boa noite, senhor.

– Boa noi...

– Em que posso ajudar?

– Ah, eu... Vim fazer o *checkout*.

– Sim. Qual o nome do senhor? – perguntou sem o sotaque soteropolitano.

– Gabriel Navarro.

Foi só olhar bem para o rapaz que procurava (ou fingia procurar) meu cadastro no computador, que meus sentidos se ampliaram como um tiro na cabeça. Alguma coisa simplesmente não se encaixava nessa cena. O silêncio, os espaços vazios entre os objetos do saguão, o ar parado, estranho, tenso. A porta principal de vidro estava fechada e não passava uma só alma pelo lado de fora.

No fundo do saguão havia uma porta de serviço. Vi

cerca de dez silhuetas luminosas se espremendo atrás dela. O elevador emitiu um som e subiu.

Voltei minha atenção ao rapaz que, apesar do semblante calmo, dava para nadar no nervosismo que exalava. Seu coração parecia uma bateria de escola de samba. Foi então que notei a plaquinha prateada em cima do bolso de seu uniforme ridiculamente mais curto do que deveria. Estava escrito "Eustáquio". Aí fiquei fulo.

– Olha, eu vou te falar. Adoro Salvador. – comecei a falar.

– Como, senhor?

– Essa cidade não é a coisa mais linda que você já viu?

– Há, sim... – respondeu em tom impessoal.

– Moraria aqui fácil, fácil. Se bem que visitar é diferente de morar, né? São duas realidades completamente diferentes. Além do mais, acho que não me adaptaria. Minha vida é um pouco agitada demais, imprevisível... Milhões de preocupações, muita gente no meu pé querendo saber o que eu tô fazendo, como tô fazendo, com quem eu tô fazendo... Sabe o que eu faço da vida?

O rapaz parou de olhar para o monitor e se fixou em mim.

– Imagine que você é o Tom e eu sou o Jerry. Vou supor que você conhece esse desenho. Minha vida é tão louca que daqui a pouco você, que antes era só um recepcionista de hotel, vai se transformar em um homem perigoso com uma arma apontada pra mim. Quer apostar?

O homem uniu as sobrancelhas como se não tivesse entendido, mas o suor que passou a brotar da sua testa o delatou. Continuei.

– Deve estar achando que sou louco, né? Não julgo. Mas quem sabe você não me ajuda a tirar essa neura da cabeça. Por exemplo, por que teimo em achar que seu nome não é Eustáquio? – perguntei apontando para placa do uniforme. – Por que, na minha cabeça, Eustáquio é uma pessoa muito mais baixa e cem vezes mais carismática que você?

– Olhe...

– E tem outra coisa. Imagine você que eu cismo em achar que tenho superpoderes. É tipo um distúrbio de personalidade, acho. Agora mesmo tem uma voz aqui dentro dizendo que o hotel está cercado por gente que quer me pegar. Agora, me fala: é neurose minha?

O pobre coitado então se afastou devagar do computador e ergueu os braços antes de falar:

– A gente só quer conversar com você.

– Cadê o garoto?

– Que garoto?

– O garoto de quem você tirou esse uniforme, cadê ele?

– Foi pra casa.

– Duvido.

– Caliel... Por favor...

– Não te dei autorização para falar meu nome! Vocês estão em quantos?

– Isso não...

Estiquei meu braço esquerdo e fiz o cara flutuar a um metro e meio do chão, passando por cima do balcão até ficar a dois palmos de mim. Com a outra mão, o revistei e tirei uma arma da sua cintura, que joguei para longe.

– Ouvi dizer que quando faço as pessoas flutuarem, rola um curto-circuito no sistema nervoso central e dói pra cacete. É verdade?

– C-calma... Por favor...

– Tô calmo. Mas bem cansado de ver a cara de vocês em todo lugar! Fala pro seu chefe se ligar no mundo real. Não vou entrar pra maçonaria, confraria, clubinho ou sei lá o que vocês são!

O cara estava tão aterrorizado que não conseguia falar. Mas nem precisou. Seus olhos apontaram para uma das câmeras de segurança do saguão e piscaram três vezes, com intervalos definidos. Segundos depois, o estrondo. A porta no fundo do saguão abriu e, antes que pudesse me dar conta, já estava cercado. No susto, deixei o cara cair no chão.

Eram oito, não dez. Vestiam trajes pretos, com proteções no corpo todo e capacetes grossos de visores espelhados, parecidos com o que as tropas de choque usam. A maioria armados de *tasers*. Estavam se sofisticando. Um deles, o único que segurava uma espécie de escudo, deu um passo à frente.

– Cês querem brigar? Jura? – perguntei irradiando as mãos.

– Tranquilidade, pessoal – disse, com a voz abafada pelo capacete, para os demais.

– Vai dar ruim pra vocês!

– Fica calmo e ninguém se machuca, Caliel.

– Calmo o cacete! Me deixem ir embora!

– Garoto, escuta. Vai ser melhor se tu se acalmar e vir com a gente.

– Melhor pra quem?

– Caliel...

– Já mandei não falar o meu...

Antes que pudesse terminar a frase, um dos guardas me agarrou de surpresa por trás e me apertou a ponto de eu não conseguir mexer meus braços.

– Hmm. Achei que vocês já soubessem com quem estão lidando – falei, fingindo uma tranquilidade que eu definitivamente não sentia.

Respirei fundo e concentrei todo o medo e raiva nos meus punhos fechados, que formigavam e irradiavam com grande intensidade. Quando o formigamento virou dor, abri as mãos e liberei uma onda de choque tão forte que, além de desequilibrar a todos a minha volta, lançou meu agressor por cima do balcão da recepção.

O homem à minha frente deu um passo para trás. Aquilo deve ter sido assustador. Elevei meus punhos até a altura do meu queixo e flexionei os joelhos.

– Alguém mais? – perguntei.

Silêncio. Todos os guardas à minha volta se posicionaram calmamente na frente da porta principal do saguão. Todos menos um que saiu da posição de defesa, retirou lentamente o capacete e o jogou no chão. Era um homem moreno, bastante forte e de feições indígenas. Tinha uma cicatriz acima do olho direito e cabelos escuros raspados. Eu ia lembrar desse rosto mais tarde.

– Última chance. Vem com a gente por bem ou por mal? – perguntou inexpressivo.

Respondi reafirmando minha pose de ataque. Ele sorriu com desprezo, ergueu o escudo e correu na minha direção.

Tranquei a respiração. O ar ganhou consistência de gel e tudo ao meu redor passou a se mover uma ou duas vezes mais devagar. Saltei na direção do capanga e acertei um soco mais ou menos no centro do escudo, que virou uma parede imóvel de aço na qual ele agora esmagava o próprio ombro. Deu para ouvir o som seco de ossos partindo.

O homem gritou e deixou o escudo cair. Me afastei, achando que o confronto havia acabado, mas o cara não desistia. Mesmo com uma baita expressão de dor, sacou a pistola de *taser* e disparou na direção do meu peito. Desviei por pouco. Ele então soltou a pistola e investiu contra mim com uma série de socos e chutes inacreditavelmente certeiros. O guarda se movia com inteligência, como se estivesse em um filme de ação. Cada chute era uma distração para um soco. Dava para ver que ele conhecia artes marciais e que estava com uma vontade brutal de me derrubar. Eu desviava e contra-atacava como conseguia, da forma mais patética possível. Não precisava saber lutar. Por melhor que fosse, ele se movimentava em câmera lenta para mim. Não tinha a menor chance.

Era divertido participar de toda aquela cena, mas eu precisava recuperar o controle da situação e sair dali. Aproveitei o momento em que ele abriu a guarda para me dar um soco e o atingi forte no peito. Mesmo com a proteção torácica, meu confiante e irritado opoente ficou sem ar e se ajoelhou.

Eu o levantei pelo pescoço.

– Fica de pé, parceiro – ordenei.

– Não... Argh... M-me solta...

– Solto.

Joguei o sujeito contra os outros capangas. Dois deles vararam a porta de vidro do saguão, abrindo passagem para minha fuga. Mas, quando estava prestes a voar dali, senti uma forte pontada dentro do estômago. Uma queimação. A princípio, achei que era só um efeito colateral de toda aquela adrenalina. Era comum sentir algum desconforto quando manifestava os poderes. Mas aquilo cresceu e se tornou uma dor tão insuportável e tão súbita que perdi o foco imediatamente. Quando pressionei minha barriga com a mão, a senti quente de verdade, quase pelando. O calor subiu rápido pela garganta. Era uma dor inacreditável.

Eu estava pegando fogo de dentro para fora.

No pânico, me encolhi. Abri a boca para gritar e o calor saiu, queimando língua, boca, tudo.

Atordoado e em desespero, senti duas pessoas se aproximando. Um homem e uma mulher que não estavam ali antes. Ambos de pé na minha frente. Implorei por ajuda, mas não se mexeram.

Não ia deixar que me pegassem. Pelo menos, não vivo. Fechei os olhos, tracei mentalmente uma rota e usei toda a força de vontade do mundo em um impulso que me fez passar por cima de todo mundo e voar na direção do mar.

Caí na água completamente em chamas. Mesmo submerso, sentia cada órgão dentro de mim queimando e não havia nada que eu pudesse fazer. Segurei minhas pernas e me mantive em posição fetal debaixo d'água. Pensei em minha mãe, minha irmã, Eder e em todas as coisas que ainda não havia feito.

"Há dois tipos de pessoas no mundo, Caliel: Os líderes e os liderados."

"Imagine se disséssemos para o mundo que o super-homem existe, e é um psicopata."

"Temos poder para colocar você no centro de uma guerra. Uma guerra na qual, não importa quem seja o vencedor, só você vai perder."

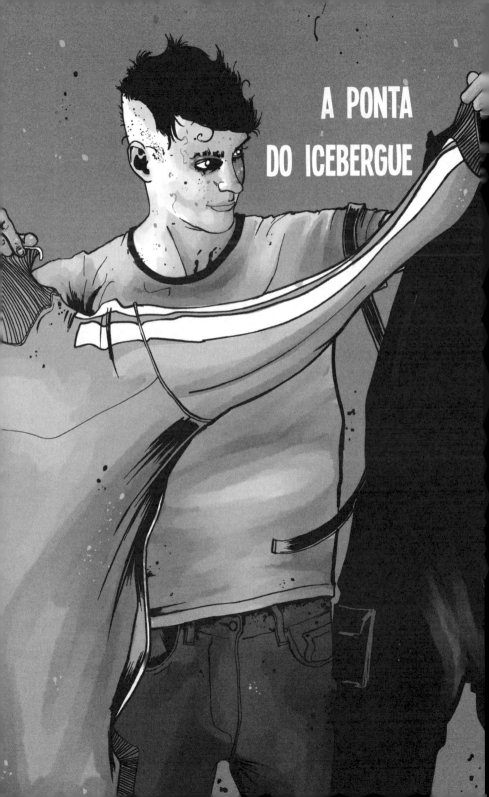

ACORDEI COM UMA VOZ GRITANDO MEU NOME E O SOL IRRITANDO meu olho esquerdo. Estava completamente desorientado e largado no chão, todo torto. Era praticamente impossível me mexer. Enxergava tudo vermelho. Aos poucos, conforme voltava a raciocinar, reconheci a textura do tapete sob minha cabeça e a voz que me chamava. Eu estava em casa.

– Caliel! Graças a Deus, mano! – gritou Eder, me puxando pelo ombro.

Ele tentou me fazer levantar, mas a dor era tanta que gritei. Estava com todas as articulações travadas, atrofiadas, esturricadas, sei lá. Vendo que era impossível me mexer, Eder colocou uma almofada debaixo da minha cabeça e foi em direção à cozinha.

– Que... dor...

– A gente precisa ir pro hospital agora, Caliel! Vou ligar pra ambulância! Que horas cê chegou? – Eu não lembrava. – Olha pro teu estado, velho! Cê tá morrendo! O que aconteceu?

Minha roupa estava completamente queimada, mas úmida. Havia muito sangue ao meu redor. Nas mãos, no chão e escorrendo para fora do que restou da minha boca.

– Esse sangue todo... é meu? – balbuciei.

– Meu é que não é! Tu acabou de vomitar isso aí.

– Vomitei sangue...?

– Muito.

– Faz tempo... que tô aqui?

– Acabei de te perguntar isso. Cheguei agora do trampo!

– Que horas... Que horas são?

– Ok. São... Cinco e vinte e seis da tarde. Hoje é sexta. Você está em casa, sua cara está queimada e tem sangue pra tudo que é lado. A última vez que nos falamos foi ontem à noite. Você estava em Salvador. Quando saí pra trabalhar de manhã, você não tinha chegado. Agora me fala o que aconteceu.

– Estava saindo do hotel... Me... acharam lá. Tentaram... falar comigo...

– E foram eles que fizeram isso contigo?

– Não sei direito... Comecei a... a meio que pegar fogo...

– Como assim?

– Não sei... Queria... sair de lá... Voei para a praia... caí no mar. Depois... não lembro.

– Não lembra como chegou aqui?

– Não...

– Caramba!

– P-preciso... me recuperar...

Duas questões importantes. Primeira: como voei de Salvador para São Paulo sem me lembrar e naquelas condições? A porta de vidro que dava acesso à sacada do nosso apartamento, e por onde eu costumava decolar e pousar, estava fechada. Minha mochila, que achei que tivesse perdido durante o ataque, estava encostada no sofá, como se eu ou alguém a tivesse colocado lá. Segunda: àquela altura, meu corpo já havia passado por uma série de testes bastante dolorosos, como cair de alturas gigantescas, ser atingido por bala à queima-roupa... Nem sempre saí ileso, mas aquilo era diferente. Eu estava destruído.

Eder, seriamente preocupado comigo, puxou uma cadeira e sacou o celular.

– Tô ligando pro resgate. Não se mexe.

– N-não faz isso, Ed. Espera. Vamos ver se melhoro.

– Você pode morrer!

– Eder... Eu não tenho como explicar meu estado... Se a polícia...

– Mas se você morrer aqui vai ser mil vezes pior!

– Não vou morrer. Desliga esse celular e... ai... me ajuda a levantar, vai.

Com um esforço absurdo e uma dor inacreditável, consegui me erguer. Minhas pernas tremiam demais e mal conseguia dar um passo sem tossir bolas de sangue coagulado e pus. Sentei no sofá e pedi para que Eder me trouxesse toda água que pudesse. Peguei a mochila e tirei meu laptop, que estava totalmente encharcado. Mal tinha força para segurá-lo.

– Ah, que beleza! – disse Eder quando reparou no estado do laptop – Eu falei pra tomar cuidado, não falei? E seu celular?

– Pior – respondi, tirando o aparelho molhado e retorcido pelo calor.

– Assim fica difícil...

– Eu... desliguei o laptop antes de guardar... Desmonta e deixa secar.

– Se isso é água do mar, não sei se é tão simples. Me dá. Vou limpar essa nojeira aqui no chão primeiro. Depois vejo o que dá pra fazer. Parece que rolou uma chacina nessa casa.

– Preciso... de um banho.

– E de um leito na UTI.

– Tô tão mal assim?

– Você tá morto e não se deu conta, cara.

Tentei tirar a blusa para ver todo o estrago, mas parte do tecido da camiseta estava grudado na pele. Arranquei no dente.

Mais tarde, quando me olhei no espelho, entendi o espanto de Eder. Não era possível que eu ainda estivesse vivo. O fogo havia praticamente me deformado. Minha cabeça estava quase toda em carne viva e com pedaços de pele penduradas. Não tinha mais cabelo, só alguns tufos na região da nuca. Não dava para saber o que era ferida e o que eram meus olhos. Fiquei impressionado, não tanto quanto normalmente ficaria. Sentia que, lá no fundo, meu corpo se curava, se reorganizava de alguma maneira. Não tinha certeza se meu rosto seria o mesmo, nem se aquelas queimaduras trariam consequências a longo prazo, mas sabia que ia ficar tudo bem.

Fiquei um tempão olhando o sangue escoar pelo ralo durante o banho. Tentei acender minhas mãos para ver se era possível acelerar o processo de cura. Até saiu um brilhozinho opaco, todavia o esforço era tão grande que minha pressão baixou e quase desmaiei. Parei de tentar.

Eder, sempre solícito, comprou faixas e gazes para as feridas mais abertas e me ajudou a desinfetá-las e cobri-las. Quando terminou, eu mais parecia uma múmia.

— Isso nunca vai ficar bom. Você precisa de um médico, Caliel.

— Tô me curando. Como posso ter voado quase dois mil quilômetros e não me lembrar de nada, Eder? — perguntei já me acostumando com a dor.

— Você deve ter entrado em estado de choque. Que horas você apagou?

— Não lembro. Era começo de madrugada, acho. Uma ou duas da manhã.

— Então, a pergunta é: o que aconteceu nas dezessete horas em que você esteve desacordado?

Deixei Eder reparando o laptop e cambaleei até a sacada. Contei nove passos entre a grade que circunda a área externa do apartamento e o lugar onde Eder tinha me encontrado desacordado. E tanto no chão quanto na porta de vidro não havia qualquer vestígio de sangue ou marcas secas de água. Tudo bem que eu não estava em condições de fazer uma análise mais minuciosa, mas se eu havia pousado ali naquela tarde, teria deixado rastros visíveis. Teria esbarrado em algum lugar. E, justamente naquela noite, não havia nenhum carro preto parado na rua.

Deitei no sofá e tentei relaxar o corpo. Eder terminou de desmontar o laptop e o deixou para secar sobre a mesa antes de dormir. Só então consegui meditar.

Embora já estivesse perfeitamente adaptado à ausência absoluta de sono, pensar vinte e quatro horas por dia ainda era desesperador. Não aconteciam coisas excitantes todas as noites. Nem sempre saía por aí, principalmente depois dos problemas que criei com Zika. Então, pode imaginar o tédio que eu tinha que lidar. Por isso, pesquisei métodos de meditação e, com muita prática e paciência, consegui criar uma série de gatilhos mentais que me permitiam entrar em uma espécie de transe. Ouvia e percebia tudo a minha volta, mas focava toda a atenção no vazio. Às vezes, passava horas perdido nas imagens que minha imaginação criava e no som do sangue percorrendo as artérias. Era renovador. Mas é claro que as dores não me deixaram meditar direito. Passei a maior parte da noite olhando para as manchas de infiltração no teto da sala.

O dia seguinte era sábado. E um sábado do jeito que eu precisava. De sol forte, pouco vento e muito silêncio. Levantei ainda bastante debilitado, entretanto tossindo menos sangue. Depois de beber quase três litros d'água, abri as cortinas da sala e deixei a brisa entrar. No começo, acreditava que a luz solar era uma espécie de fonte para os meus poderes. Isso porque minha pele "percebe" – por falta de termo melhor – a radiação solar de um jeito diferente. Mas, com o tempo, fui percebendo que os poderes eram como músculos. Quanto mais eu os usava, mais fortes e estáveis ficavam. Mesmo assim, bastavam alguns minutos sob o sol para sentir uma sensação de alívio e bem-estar. Eu ainda iria precisar de muitas manhãs como aquela para me reestabelecer por completo.

Eder acordou no começo da tarde e saiu dizendo que iria a um churrasco, ou algo assim. Já não me convidava mais para os eventos e eu não podia culpá-lo. Por mais que fôssemos amigos, era normal que ele procurasse por oásis sociais vez ou outra.

Juntei o que restou da minha roupa de voo e estirei as peças sobre a cama. O capuz estava todo retalhado, assim como a jaqueta e as calças. As botas pareciam ok, mas quase não havia mais sola, e tanto as viseiras quanto as luvas haviam desaparecido. Não tinha como aproveitar nada ali. Precisava pensar em um traje mais resistente, fazer algumas melhorias. Resumindo, era hora de trabalhar.

Estava com minhas pautas diárias atrasadas e todas as condições favoráveis para pô-las em dia. Eu realmente gostava daquele trabalho. Fora o dinheiro rápido e fácil, escrever pequenas laudas sobre apicultura, cenário econômico, mercado automotivo e outros assuntos aleatórios me obrigava a me manter informado e a criar diferentes áreas de interesse. E, por não dormir, conseguia produzir bastante. Tanto que entreguei uma média de doze matérias por dia durante todo o tempo em que fiquei de molho, o que me rendeu o suficiente para ajudar Eder com as contas e investir em uma nova roupa de voo, que precisava de uma bela atualização.

Pesquisando sobre roupas à prova de fogo, descobri que os bombeiros e pilotos militares usam um tecido a base de meta-aramida em seus uniformes. Não tive nenhuma dificuldade de comprar calças e blusas feitas desse tecido na internet. Já vinham na cor preta. As botas novas me custaram os olhos da cara, mas, em compensação, encontrei uma promoção ótima de jaquetas azuis, que eram bem melhores e menos assustadoras que o sobretudo preto que eu usava lá nos primeiros meses como Cidadão Incomum. Além de combinar com as viseiras que, aliás, guardavam a grande "inovação tecnológica" do novo traje de voo.

Fazia tempo que Eder falava em acompanhar minhas ações por transmissões de vídeo, mas voar por aí com o celular na mão era impraticável. Ele então comprou alguns daqueles óculos de sol espiões, que vêm com uma câmera *bluetooth* dentro da armação. Funcionava muito bem em condições normais. Trocamos as lentes pretas por azuis, para manter um padrão estético (exigência minha), e costuramos as armações por dentro das máscaras novas. Com o aplicativo que vinha junto com os óculos, Eder agora podia ver tudo o que eu via, a hora que quisesse. O que me quebrou as pernas foi o novo celular. Precisava ser um desses mais atuais, à prova d'água. Parcelei tudo em mil vezes no cartão, mas pelo menos eu tinha uma nova roupa mais segura, resistente e bonita.

Essa experiência de quase morte também me deixou mais esperto. Comprei um enorme mapa-múndi, colei na parede do meu quarto e destaquei todos os aeroportos e bases da Força Aérea, não só do Brasil como de toda a América Latina. Fiz o mesmo com meu GPS e agora eu podia criar rotas de voo mais seguras. O próximo desafio era estimar o alcance dos radares de cada uma dessas bases para evitar outro encontro com aqueles helicópteros.

Falando em radares, encontrei um modelo de helicóptero bastante parecido com os que me cercaram. Era um tal de H-36 que, segundo a internet, é usado em missões de resgates em alto-mar e em áreas de difícil acesso. O interessante é que esse modelo possui uma espécie de detector de radares (ou seja, um radar de radar) que também capta movimentos de corpos pequenos próximos à aeronave. Bingo! Pode ter sido assim que me detectaram.

Não pensei mais tanto no assunto. Passei as próximas semanas dedicado quase que exclusivamente à minha recuperação, que era cada vez mais rápida, visível e esquisita. As dores sumiram na segunda semana. Na terceira, a pele queimada estava caindo e dando lugar a uma nova. Precisava varrer a casa duas vezes ao dia. Na quarta, já falava sem parecer que tinha uma maçã entalada na garganta. Durante esse tempo, evitei sair de casa e falar por voz com minha mãe, que já demonstrava compreensível irritação.

Mas foi em uma tarde, enquanto eu tirava camadas de pele morta do meu rosto e pescoço, que ela ligou. Achei por bem atender desta vez.

– Oi, mãe.

– Que oi o quê, moleque! É o filho que tem que ligar pra mãe e não o contrário, sabia?

– Ah, vai. A gente se fala todo dia por mensagens.

– Trocar mensagem não é "se falar".

– Eu tenho uma vida, mãe!

– Uma vida que eu te dei! O mínimo que o reizinho aí tem que fazer é me ligar de vez em quando.

– Tá bem. Desculpa.

– O que você tem? – perguntou, mudando radicalmente o tom.

– Hã, nada. Por quê?

– Sua voz tá diferente. Tá resfriado, com dor na garganta?

As pessoas se impressionam com os meus poderes, mas nada é mais assustador e inescapável que o *scanner* materno.

– Talvez, mãe. Acho que é a mudança de tempo.

– Sei. Toma camomila com mel e descansa, filho. Estou com um punhado de capim cidreira que peguei lá do sítio. Quer?

– Passo aí depois e pego. A senhora está bem?

– Estou com uma dorzinha de cabeça chata, mas só isso. Comecei as aulas de francês, sua irmã tá namorando um rapaz muito simpático...

– A Ana, namorando? Essa eu quero ver!

– Nossa, pensa num rapaz incrível. Mais velho, cara de bem resolvido, sabe?

– Deve ser incrível mesmo, para aguentar ela...

– Não fala assim da sua irmã, tadinha. Ó, estou te convocando a vir jantar aqui em casa nesse domingo.

– Pode ser no próximo?

– Não.

– Tá bom. Domingo tô aí.

– Vou fazer macarronada e pavê. Traga o Eder. Aliás, como ele está?

– Meio babaca.

– Normal, então.

– Hahahaha! Sim!

– Então tá, filho. Te espero.

– Tá bem, mãe. Te amo.

– Te amo também. Fiquem com Deus. Beijos.

Assim que desliguei o telefone, senti um vazio esquisito no peito. Era saudade. Não só da minha mãe, mas de um tempo em que a realidade era menos... surreal. Tentei lembrar da última vez que fiz algo simples, como um jantar em família ou ir ao bar com os amigos. Embora não tivesse de fato perdido o senso de empatia, a sensação de preenchimento e completude que os poderes me davam supriam minhas necessidades emocionais básicas, como paixão e afeto, por exemplo. É como se o buraco existencial que todo mundo uma hora ou outra sente dentro de si simplesmente não existisse mais. Por isso, me afastei pouco a pouco das pessoas. Talvez a única razão para Eder àquela altura ainda viver comigo era seu total envolvimento com o lado sobrenatural da minha vida.

De repente, como num estalo, me dei conta de que não queria mais ser tão sozinho. Precisava voltar ao mundo dos vivos, interagir, construir relações ou, no mínimo, ser mais presente na vida das pessoas que eu amava. Talvez até entrar no mercado de trabalho, pensar em uma carreira na qual meus poderes e estilo de vida dessem alguma vantagem, por que não? Mas, calma. Tudo isso precisava ser feito direito, com planejamento e paciência. Afinal, eu vivia em fuga. Era atacado e vigiado quase que vinte e quatro horas por dia. Não dá para conciliar essas duas vidas. Pelo menos, era o que eu achava.

É incrível como a nossa consciência conhece todos os atalhos para os setores mais sombrios da nossa mente. Bastou que eu pensasse na possibilidade de uma vida normal para que as imagens do funeral de João de Pádua, o homem que matei na primeira vez que voei pela cidade, me saltassem aos olhos. Revivi o terror de encontrar Eder caído no meio da sala, com uma poça de sangue embaixo da sua barriga. Ele quase tinha morrido por causa de uma decisão errada que tomei. A devastação emocional da culpa e do medo reapareceram como um aviso de que ter uma vida normal talvez não fosse mais uma opção. Só que estava cansado de viver em função de culpas e medos. Não ia passar a vida fugindo.

Infelizmente, ainda tinha uma tonelada de problemas para resolver antes de sequer cogitar voltar a ter uma vida social. O primeiro deles era a nossa estratégia. A ideia que Eder defendia de seguir a trilha dos óvnis fazia sentido, mas a gente não podia ignorar a única pista que tínhamos. A danada da lista que Klaus havia me dado com sete nomes de pessoas que, segundo ele, poderiam me ajudar a descobrir mais sobre a origem dos poderes. Escrevi cada um deles em *post-its* e os fixei ao lado do mapa-múndi.

Regina Albuquerque

Adelaide dos Santos

Tatiana Camargo

Claudio Silva

Paulo Evangelista

Jacqueline Viana

Mário Murakawa

Já havíamos perdido muito tempo procurando por essas pessoas aleatoriamente na internet. Precisávamos de contextos, um parâmetro de filtragem mais consistente, uma nova linha de raciocínio. *Como podíamos fazer diferente?*

– Não faço a menor ideia – disse Eder, entre um gole e outro do café.

– Nas suas pesquisas sobre óvnis não apareceu nenhum desses nomes?

– Nenhum. Nem remotamente parecido. Troquei e-mails com vários ufólogos, jornalistas... Perguntei sobre esses nomes, mas não tive resposta.

– Já pensou em outro ponto de partida?

– Tentei relacionar a porcaria desses nomes de várias formas. Pessoas desaparecidas, personalidades históricas, lista dos mais ricos, mais influen...

Eder fez uma longa pausa e olhou para os *post-its* grudados na parede.

– Ô, caramba! – disse, quase deixando a caneca de café cair.

– Que foi?

– Por que não pensei nisso antes?

– Pensou no quê?

– Teve aquela emboscada na mansão do Silvio Santana ano passado, certo?

– Certo.

– Consegue lembrar das outras pessoas que estavam lá?

– Vagamente.

– Eram só as mais ricas e influentes do país.

– Tá...

– Antes de você chegar, fui apresentado a cada um. Participei de altos papos sobre a importância dos seus poderes no desenvolvimento humano e social, caso você...

– Caso eu me deixasse ser estudado por eles.

– Sim. Bom, depois que você recusou, declarou guerra à elite e todo esse inferno começou, fiz um levantamento para saber quem eram aquelas pessoas. Encontrei podres, tipo, sei lá, um cardiologista que devia milhões para a Receita, coisas assim... Mas nada que relacionasse aquela gente a casos paranormais ou qualquer coisa mais obscura. Então, desencanei e foquei nos óvnis.

– Certo. E aí?

– Um dos ufólogos com quem conversei me disse que, sempre que um evento envolvendo discos voadores acontece, toda e qualquer movimentação de acobertamento feito pela mídia acontece a mando das forças federais e militares. Tipo, não é o canal de TV que decide esconder ou descredibilizar o fato. É o governo, ou outra entidade, que manda.

– Ou paga.

– Como assim, paga? Por que pagaria?

– A imprensa no Brasil é culturalmente intolerante à censura. Qualquer tentativa de censurar um tema gera o efeito contrário. Por outro lado, publicar ou não uma matéria também é uma decisão comercial. Essas pautas mais sensacionalistas, como óvnis, mistérios, rendem audiência e, consequentemente, grana. Se o governo quisesse abafar ou controlar a opinião pública sobre esses casos, o jeito mais rápido e eficiente seria pagando.

Eder fez uma pausa e me encarou com estranheza.

– Tudo bem aí? – perguntei.

– Tudo. É que fazia tempo que não ouvia alguma coisa realmente inteligente sair da sua boca.

– Minha mãe é jornalista.

– Enfim... – disse Eder, retomando o raciocínio. – Minha hipótese é: e se existir uma esfera de poder acima das pessoas mais ricas do Brasil?

– Acima? O que é mais poderoso que dinheiro?

– Influência. Se eu fosse uma entidade que precisasse controlar a mídia e os meios de produção para encobrir rastros de pessoas com poderes, criaria uma rede secreta de colaboração entre esses setores, tipo um cartel, em troca de estrutura para garantir meus interesses.

– É plausível.

– Não é?

– Mas como essa sua hipótese nos ajuda na prática?

– Vamos descobrir.

Eder arrancou um dos nomes na parede, caminhou apressadamente até a sala e pegou seu laptop que estava sobre o sofá. Digitou por alguns segundos e parou. Olhou para mim com uma cara divertida de suspense e gargalhou.

– Hahahaha! Olha só o que temos aqui! – exclamou ele, virando a tela para mim.

Era uma matéria de um ano e meio atrás, sobre a rede de supermercados de Silvio Santana que venceu uma licitação para vender insumos e ingredientes destinados à merenda escolar para o Estado de São Paulo. Na foto de destaque, Silvio estava ao lado de uma mulher loira de aproximadamente sessenta anos.

– O que estou vendo, Eder?

– Leia a legenda da foto, embaixo.

Estava escrito "Silvio Santana ao lado da empresária e sócia Regina Albuquerque".

– O primeiro nome da lista! – gritei.

– A gente cometeu o erro clássico de tentar adivinhar as coisas, ignorando o óbvio que estava na nossa fuça o tempo todo!

– Sim! Agora é só a gente cruzar os nomes da lista com os ricaços que querem me estudar!

– A gente, não. Eu. Sua função é outra.

– Qual?

– Procurar Klaus e perguntar de onde veio essa lista. O nome que ele te deu nos leva para as pessoas que querem nossas cabeças. Isso não é coincidência nem a pau.

– Concordo.

Não me sentia totalmente seguro para voar naquela noite, mas estava ansioso para falar com Klaus e testar o novo traje, que se comportou muitíssimo bem, por sinal. Achava que o tecido mais grosso das calças dificultaria na hora de manobrar nas curvas, mas não tive problemas. As máscaras agora tinham uma proteção mais rígida, abaixo do nariz até o queixo, que facilitava a entrada de ar e deixava minha voz menos abafada.

E lá estava eu em meu habitat natural, manobrando no céu noturno de São Paulo, bem acima das nuvens mais baixas. Acelerava, descia e fazia curvas em ângulos agudos quase perfeitos. Testava minhas percepções, acendia e apagava as mãos, manipulava toda a energia a minha volta projetando escudos invisíveis ou só eletrificando o ar. Não estava cem por cento, mas bem melhor do que imaginava.

Desci para abaixo das nuvens e voei em direção à Cracolândia, no centro da cidade. Mesmo de madrugada – devia ser algo em torno de uma ou duas da manhã – tinha que tomar cuidado redobrado. O número cada vez maior de pessoas que passaram a frequentar a região obrigou o comércio local a colocar câmeras em andares mais altos. Era impossível prestar atenção em todas.

Pousei no topo de um prédio conhecido como Sarajevo. Grande, velho e de aspecto abandonado, que abrigava dezenas de famílias. Sua fachada repleta de janelas e sacadas disformes entrava em perfeita harmonia com a atmosfera sombria e alaranjada das ruas ao redor. Atmosfera essa com a qual nunca me acostumei, mesmo depois de tanto tempo patrulhando a região e ajudando os agentes sociais e voluntários.

A realidade sombria e assustadora da Cracolândia rivalizava com qualquer um desses filmes pós-apocalípticos. Milhares de pessoas perdidas em um nível difícil de imaginar. Homens e mulheres que poderiam ser nossos pais ou irmãos se arrastando a esmo pelas ruas, longe de uma vida útil, produtiva. Era como se a força descomunal do abandono e da indiferença criasse uma redoma que blindava toda a região contra qualquer manifestação maior de empatia e bondade. Até mesmo eu, com toda a segurança e paz que os poderes me davam, tinha dificuldade de lidar com aquele caos. Acredite, você não quer ver as energias que saem de uma pessoa no auge da sua abstinência ou loucura.

Aliás, todo o meu poder não servia de nada ali. Algum tempo antes, como já citei, até tentei intimidar alguns traficantes e assustar grupos de usuários da região. Dar uma de Batman, sabe? Mas só piorei a coisa toda. As pessoas ficaram mais nervosas, paranoicas e agressivas. Uma espécie de crise explodiu e foi a desculpa que a prefeitura precisava para fazer uma "limpeza" e expulsar as pessoas de lá na base da porrada. O que também não funcionou por muito tempo. Semanas depois, tudo voltou ao que era.

Eu não entendia. Para mim, viciado, ladrão e traficante era quase tudo a mesma coisa. Tudo o que existia fora da minha bolha de garoto da classe média, eu generalizava. Entretanto, durante o episódio envolvendo Zika e a crise que enfrentei com a polícia, recebi a ajuda de um, hã, "amigo", que permitiu que eu sofisticasse minha visão de mundo e me orientou com ideias mais realistas e úteis de como usar meus poderes. E era com ele que eu precisava trocar uma palavrinha.

Mas como encontrar um indivíduo que vivia literalmente invisível e aglomerado entre milhares de moradores de rua? Apesar de ser impossível enxergá-lo, ele tinha uma aura que destoava demais de qualquer outra. Ainda assim, o danado conseguia me surpreender.

Já estava há meia hora sentado no topo do Sarajevo, com meu radar emocional ligado até o limite, quando senti o ar vibrar atrás de mim. Olhei rapidamente para trás. A parede de concreto a minha frente se retorceu até formar uma silhueta e Klaus finalmente apareceu. Dava tontura de ver.

– Olá, irmão – disse Klaus, com sua voz serena.

Ele vestia seu habitual moletom vermelho e azul encardido e calças jeans tão surradas quanto você pode imaginar. Seus olhos, pouco maiores e negros que o normal, refletiam as luzes da cidade e quase escondiam o brilho dourado sutil que encobria parcialmente sua pele negra repleta de ranhuras e cicatrizes. Suas feições levemente desproporcionais não me causavam nenhum espanto, mas Eder tinha certa razão. Klaus poderia se passar por um alienígena. Para mim, parecia mais alguém marcado por uma vida longa e dolorosa.

– Oi, Klaus. Como vai? – respondi, me levantando.

– Bem.

– Tá agitado lá embaixo. Muitos problemas?

– Você está diferente.

– Minha roupa, acho – disse, erguendo os braços como um pavão.

– Não é a roupa.

– Não? Será que não é o...

– O que aconteceu com você?

– Comigo? Nada. Acho.

Klaus pendeu a cabeça para o lado direito e deu um passo na minha direção. Senti um formigamento muito estranho no centro da minha testa.

– Você traz dúvidas sobre os nomes que lhe passei. Encontrou conexões úteis na sua busca por respostas, mas... Há algo mais intrigante – disse, olhando fixamente para minha cabeça.

Ergueu devagar um dos seus braços em direção a minha cabeça.

– Posso? – perguntou, antes de tocar seu indicador entre meus olhos.

Eu odiava telepatia. Odeio até hoje. Imagine que você está à vontade no banheiro, sem roupa, no ápice da intimidade, e uma pessoa desconhecida de repente abre a porta e entra. Era exatamente assim que me sentia. Mas talvez fosse uma boa ideia que ele visse e sentisse tudo o que vi e senti nas últimas semanas. Além de nos poupar tempo, Klaus poderia sacar algum detalhe que eu tivesse deixado escapar.

– Ok. Manda ver – respondi um tanto contrariado.

– Relaxe e concentre-se apenas no que você quer que eu veja.

As lembranças vieram como que em uma enorme cascata, com velocidade e violência. Revivi a noite em que viajei para Salvador em busca de óvnis e encontrei os helicópteros. A emboscada no hotel. Relembrei em detalhes a dor de ser queimado vivo. O momento em que caí no mar e perdi a consciência. Nesse instante, a presença de Klaus na minha mente ficou mais forte, como se procurasse vestígios no meu subconsciente. Minha testa parecia que ia explodir. Não sei se voluntariamente ou conduzido por Klaus, voltei à lembrança de acordar misteriosamente no meu apartamento, de todos os detalhes da minha recuperação até o exato momento em que Eder descobriu a relação entre a elite e a lista de Klaus.

De repente, perdi o foco e surgiu uma avalanche de memórias desconexas, totalmente fora de controle e critério. Coisas mais antigas e particulares, como os fins de semana que passara com meu pai, seu enterro anos depois, a primeira vez em que encarei um palco como ator, discussões, amores, desejos reprimidos... No intervalo de meio segundo, anos da minha vida ficaram à disposição de Klaus, como uma sequência de quadros em uma grande galeria de arte. Assim que percebi o que estava acontecendo, eu me afastei tão rapidamente quanto pude.

– Cacete, Klaus! – gritei, tentando me recuperar da tonteira.

– Perdão. Não quis ser invasivo...

– Não faz mais isso!

– Vi apenas o que me permitiu, amigo.

– Sei...! Só... Não entra mais na minha cabeça!

– Você sofreu um ataque bastante grave.

– V-vim falar da lista.

– Falamos disso em seguida. Você tem um problema maior.

– Por favor, me esclareça.

Klaus levou a mão em direção ao queixo e silenciou por alguns instantes antes de voltar a falar.

– A sua predisposição ao confronto. Está descuidado, reativo, esperando pela próxima oportunidade de usar seus poderes com violência. E aquilo que se espera, eventualmente se encontra.

– Predisposição ao confronto? Minha vida é fugir de confrontos!

– Você foge dos confrontos que atrai com a crença de que nossos dons são armas. Você se apega à narrativa heroica, do indivíduo rodeado de adversários, conspiradores...

– Eu tô rodeado por adversários, Klaus!

– E o que fez para deixar de estar, além de reagir à brutalidade?

– Tá dizendo que eu alimento essas perseguições contra mim? Que eu gosto disso?

– Inconscientemente, sim. Perceba. A existência de pessoas como nós é um mistério indigesto para a maioria das pessoas. Somos uma afronta a um enorme pacote de consensos que, de uma maneira ou de outra, nortearam a humanidade até aqui. As pessoas poderosas que te perseguem querem desesperadamente entender como nossos dons funcionam. É compreensível que ajam com algum excesso.

– Compreensível? – perguntei tirando a máscara. – Olha pro meu rosto! Olha o que fizeram comigo!

– Já olhou para o meu? – perguntou Klaus serenamente.

Fiquei sem palavras.

— Tá. E o que eu deveria fazer? Deixar que eles me estudassem?

— Ofereça a possibilidade do diálogo.

— Eles são gente perigosa, Klaus!

— Você também é.

— Não, não. Cê não entendeu! Aquelas pessoas são más! Elas são o sistema! Elas matam! É por causa delas que existem Cracolândias!

— Do seu ponto de vista, o que digo pode soar absurdo. Não te julgo. Já estive exatamente no seu lugar. É por isso que lhe digo, com toda convicção do mundo, que os ciclos de medo e violência que nossos dons tendem a gerar podem ser quebrados se você agir pelas vias da compreensão, do diálogo, da compaixão. Ou seja, o caminho oposto ao que tem trilhado até agora.

Mantive-me em silêncio, mas por dentro eu era só gritaria. Como uma criança que resiste à sensatez adulta. Klaus continuou.

— Não é a resposta mais excitante, eu sei... Mas você se dispôs, por livre e espontânea vontade, a usar seus poderes. Então use-os como ferramentas, não armas. Pense em construir coisas.

Levantei o braço e pedi um tempo na discussão. Klaus tinha o poder de extrair o melhor e o pior de mim. Às vezes, na mesma frase. Olhei para as pessoas nas ruas da Cracolândia. Inalei os berros e risadas descontroladas, ouvi os odores de álcool e plástico queimado. Pensei por um ou dois minutos. Eu simplesmente não enxergava as coisas como ele, mas tinha que admitir que ele tinha razão sobre tentar dialogar com aquela gente.

— Como meu corpo pegou fogo? — perguntei, mudando drasticamente de assunto.

— Alguém como nós fez isso com você.

— Quem?

— Se você não o viu, não está em sua mente.

— Queimei de dentro pra fora. Como fizeram isso?

— Lembra-se de quando lhe disse que todo o seu poder se resume em ampliar e manipular o campo eletromagnético, tanto o seu próprio quanto os dos objetos e pessoas em que foca sua atenção?

— Sim.

— Aparentemente essa pessoa é capaz do mesmo feito.

— Mas fogo, calor?

— Fogo e calor são fenômenos eletromagnéticos.

— Lembro-me de quando salvei uma garotinha e acabei queimando o peito de um cara só de tocar nele.

— A mesma energia...

— Manifestada de forma diferente.

— Exato. Você moldou seus poderes de uma forma. A pessoa que o feriu, de outra. Imagine tudo o que você pode descobrir se simplesmente conversar com ela.

— Tá. Já provou seu ponto, Klaus. Já entendi... Agora, o assunto principal.

— A lista.

– Como conseguiu aqueles nomes?

Klaus hesitou. Caminhou devagar na minha direção com a cabeça meio baixa, como se procurasse tempo para responder.

– Não é uma história fácil de contar.

– Mas eu preciso saber.

– Precisa... Bem, quando nos vimos pela primeira vez, disse a você que eu não era habituado a conversas pelos meios vocais. Tive até certa dificuldade de me expressar verbalmente. Lembra-se?

– Sim. Foi um papo meio maluco.

– Me comunico melhor pelos intercâmbios da mente. É o que sei fazer.

– Certo.

– Basicamente, tudo o que sei sobre mim e o mundo, sei pelas mentes que toquei. A memória mais remota que tenho data de quinze anos atrás, quando acordei dentro de uma cela. Muito ferido, com fome e frio.

– Te torturaram?

– Não. Fora o fato de estar preso contra a minha vontade e alguns exames desconfortáveis, não diria que fui torturado. Meu estado neurológico era deplorável. A ponto de comprometer a fala e as funções motoras mais básicas, como andar. Não podia me alimentar sozinho ou estabelecer uma comunicação consistente com meus captores, que passaram a supor que eu não os compreendia. E, em certa medida, estavam certos.

– E onde...?

Klaus ergueu educadamente uma das mãos.

– Tente não me interromper, irmão. Você vai saber o que precisa.

– Ok. Desculpa.

– A cela – continuou Klaus – ficava no fim de um pequeno corredor conectado a um escritório perfeitamente comum. Havia rotina de entrada e saída de pessoas. Funcionários, a faxineira que aparecia uma vez por semana... Mas ninguém abria a porta que dava acesso à minha cela. Ninguém, exceto as três pessoas que trabalhavam ali todos os dias. Um jovem casal de biólogos e um homem mais velho, de aproximadamente 55 ou 60 anos, que era a pessoa mais... próxima de mim, por assim dizer.

– Qual é o nome dele?

– Tio.

– Tio?

– Era como se referia a si mesmo. "Diz pro Tio como se sente hoje, Klaus"...

– Hmm. Entendi. E foi ele quem te batizou de Klaus.

– Sim. Por não saber meu nome real, escolhi mantê-lo.

– E como era a rotina? O que faziam com você?

– Perguntas, testes físicos e cognitivos, exames clínicos... Eram bastante criteriosos quanto à minha higiene. Parece que eu havia sobrevivido a algo impossível e o objetivo primário era descobrir como. Às vezes, Tio bebia demais e passava horas no corredor, falando sobre coisas que não faziam sentido para mim, mas que tinha a ver com o fato da minha existência ser, nas palavras dele, um milagre.

– E como os outros dois te tratavam?

– Como um animal exótico de outro mundo.

– E você é? – perguntei no impulso.

Klaus bufou, demonstrando profunda impaciência com a minha pergunta.

– Ok. Mas por que você simplesmente não leu a mente deles e...?

– Porque não controlava meus dons. Na verdade, durante o tempo em que fiquei lá, nem sabia que os tinha.

– E o que a lista tem a ver com isso?

– Durante uma tarde, houve um desentendimento entre Tio e o casal de biólogos. A discussão evoluiu para uma luta barulhenta. Sem que eu realmente soubesse o que estava acontecendo, a porta de acesso à minha cela se abriu e vi o jovem se aproximar com lágrimas no rosto e uma arma apontada para mim... Por alguma razão, eu sabia que isso significaria minha morte. O medo absoluto... O-o instinto de sobrevivência avivou meus poderes e pude tomar o controle da mente do meu agressor, impedindo meu assassinato.

– Como?

– Obrigando-o a apertar o gatilho contra a própria cabeça.

Fiquei chocado, mas tentei não demostrar. Klaus fez uma expressão mais sombria e continuou.

– Esperava que o som atraísse a atenção de pessoas próximas, o que não aconteceu. Para minha sorte, quatro dias depois a faxineira apareceu. Ao me ver preso, magro e desidratado, e o corpo do biólogo já nos primeiros estágios de decomposição, ela tentou fugir. Compreensível.

– Bastante...

–Me apossei de sua mente e a obriguei a encontrar a chave que abria minha cela. Assim que me libertei, adentrei o escritório e observei o lugar onde meus sequestradores passavam a maior parte do tempo. Mesas com computadores, papéis e caixas térmicas contendo amostras de pele, sangue e urina. Provavelmente minhas. No centro da sala havia uma enorme quadro branco partido ao meio. Esperava encontrar os corpos da bióloga e do Tio, mas só vi manchas de sangue seco no chão. Àquela altura, não sabia se precisava correr ou ficar... Não sabia o que fazer.

– E aí? – perguntei, vestindo o capuz.

– Antes de libertar a mente de minha pobre ajudante involuntária, percebi que podia ter acesso a todo o conhecimento que ela adquiriu durante a vida. Não recuperei minhas memórias antigas, mas reaprendi o significado das palavras, as diferenças e similaridades entre coisas, pessoas e noções básicas da realidade objetiva e subjetiva. Lembrei das conversas que ouvia rotineiramente e tudo passou a fazer mais sentido. Além de resolver os mistérios da minha biologia, meus captores tinham também o objetivo de procurar pessoas como nós, a quem chamavam de "achados".

Silvio Santana me chamou assim.

– Tio, por alguma razão, entrou em atrito com pessoas importantes. O trabalho precisou ser descontinuado e eu teria que deixar de existir, coisa que ele tentou a todo custo impedir.

– Isso é muita maluquice. Como você escapou?

– O escritório ficava no subsolo do que compreendi ser uma distribuidora de alimentos, às margens da rodovia que liga São Paulo a Minas Gerais. Eu simplesmente subi as escadas, cheguei a um galpão e caminhei por alguns dias até chegar aqui. Não encontrei nenhuma resistência. Mas, antes de sair, li e memorizei os nomes que estavam no quadro branco.

– Que são os que você me passou.

– Exato. Pareciam importantes.

Ok. Eu já tinha mais ou menos a informação que fui buscar, mas queria ouvir mais.

– Você sabe me dizer onde fica exatamente esse galpão, se ele ainda existe?

– Com precisão, não sei. Veja se isto basta – respondeu Klaus, que em seguida fechou os olhos.

De repente, surgiu a imagem tridimensional da fachada de um galpão na minha mente. Tudo muito nítido, nos mínimos detalhes. Portões, números... A sensação é de que eu poderia caminhar ali.

– Você pode acessar essa memória sempre que quiser a partir de agora, mas advirto que está quinze anos desatualizada. Recomendo cuidado e critério.

— O que você fez nesses anos todos? – perguntei, voltando minha atenção para a conversa.

— Muita coisa. Passei anos buscando a mim mesmo nas milhares de mentes que toquei.

— Nunca encontrou nenhuma pista do seu passado?

— Nenhuma.

Foi a primeira vez que vi amargura real naqueles olhos pretos.

— Mas, assim... Você nunca foi atrás das pessoas que te prenderam? – perguntei tentando não parecer muito invasivo.

— Fui, mas desisti.

— Por quê?

— Porque, assim como você, só encontrei violência e dor no caminho. Com o justo pretexto de descobrir a verdade e reaver meu passado, fiz coisas das quais não me orgulho e que não entrarei em detalhes. Daí, desapareci. Abandonei a busca... Encontrei abrigo e propósito ao lado dessa gente sofrida – disse apontando o queixo para a parte mais aglomerada de gente da Cracolândia.

Senti que Klaus queria colocar fim à conversa, mas eu tinha mais uma pergunta.

— Você me pede para compreender e conversar com essa organização. Então por que não fez o mesmo?

— Porque não sou mais um mistério para mim.

Silêncio. Havia muito para assimilar. Klaus não se movia, claramente submerso no tsunami de lembranças que minhas perguntas provocaram. Devia ser muito frustrante poder acessar todo o conhecimento do mundo e, ainda assim, não saber quem é. Embora eu tenha ficado feliz por ele ter se aberto para mim, não senti que aquele era o momento certo para estreitarmos laços.

Toquei no seu ombro esquerdo para me despedir, quando ele olhou para mim e disse com ar de sincera preocupação:

— Se não se importa, irmão, tenho um último assunto para tratar contigo.

— Claro. O que é?

— Acho que fiz uma besteira.

— Qual?

De repente, senti o ar ficar mais elétrico. Klaus rapidamente olhou para um dos vários prédios que nos rodeava, quando algo o atingiu com força na cabeça e ele caiu. Encolhi os ombros com o susto e me curvei. No momento em que olhei para o chão, o choque. Klaus não se mexia. Seus olhos, desta vez mais opacos, estavam arregalados. Havia um pequeno buraco no centro da sua testa e uma auréola de sangue crescia rapidamente por debaixo da sua nuca...

Morto. Mataram o Klaus na minha frente e eu não fiz nada.

Iluminei as mãos e me aproximei para, sei lá, reanimá-lo, fazer qualquer coisa. A gente não pensa direito nessas horas. Mas um segundo projétil rasgou o ar, bem próximo a minha cabeça, e atingiu uma parede próxima.

Engoli o desespero e decolei. O tempo praticamente congelou. Parei no ar e liguei o radar emocional. O centro da minha testa formigava como nunca. Não levei nem meio segundo para identificar a silhueta do suposto atirador em uma das infinitas janelas e voei como uma flecha na direção dele, que tentou correr para o interior do quarto. Atravessei a janela, arrebentando todo o vidro e agarrei o desgraçado pela nuca.

— Cê tem ideia do que acabou de fazer, animal?! — gritei jogando o cara contra um armário, que se despedaçou.

Era um quarto minúsculo, malcheiroso e pouco iluminado. Ele tentou se levantar, mas não dei tempo. O segurei pelo pescoço, desta vez com as mãos acesas ao máximo. Toda minha raiva virou eletricidade e ele soltou um grito engasgado. O brilho que saía de mim iluminou o rosto do atirador e foi então que, bem... a coisa ficou esquisita.

Era o meu rosto.

— **O QUE FOI? NÃO GOSTA DO QUE TÁ VENDO? GOSTA, NÉ? GOSTA** sim que eu sei, seu babaca egocêntrico!

Me afastei aterrorizado. Imagina: você confronta o cara que acabou de tentar te matar e, de repente... ele é você! O rosto, o tamanho, tudo idêntico. Ele não usava o capuz, mas até o traje de voo era praticamente igual, com exceção da jaqueta que tinha um broche daquelas carinhas amarelas, só que com quatro olhos... A voz, no entanto, era ligeiramente diferente e sua postura tensa, com o peito para frente, parecia pouco natural.

Percebendo minha hesitação, ele, ou melhor, aquilo, ganhou confiança e caminhou na minha direção com os braços abertos e falando para uma plateia invisível.

– Olhem, senhoras e senhores. O "grande" Cidadão Incomum, o homem que voa e gera luz própria... Percebam o momento exato em que ele descobre que sua grandeza não é tão grande assim!

– Quem é você? – As palavras mal saíam da minha boca.

– Não tá na cara?

Não sei se pela perplexidade ou pelo horror existencial que eu experimentava, simplesmente não conseguia mover um músculo que fosse. Ele, percebendo isso, continuou:

– O primeiro super-herói do mundo real... Que ideia mais estúpida! É o tipo de coisa que só podia sair da cabeça de um desocupado privilegiado!

– O-o que significa isso?

– É o que me pergunto toda hora que vejo ou lembro dessa sua figura ridícula!

Bom, fosse quem fosse, era óbvio que não estava ali para fazer amizade. E, cara, ele havia acabado de matar Klaus. Nem a pau que eu ia deixar barato! Esperei que chegasse um pouco mais perto, fechei os punhos e saltei com tudo na sua garganta.

Não deu nem pro cheiro.

Ele espantou minhas mãos como se fossem moscas e, em um movimento tão rápido que nem sei dizer como aconteceu, me agarrou pela jugular e me ergueu sem a menor dificuldade.

– Não é uma delícia quando alguém mais forte te ataca? Baita covardia.

Com um sorriso da mais pura satisfação, ele iluminou suas mãos, da mesma forma como sempre fiz, e liberou uma onda de choque tão violenta que meu corpo inteiro se retorceu no ar. Eu não tinha forças para me desvencilhar do cara, cujos olhos brilhavam cada vez mais à medida que a descarga elétrica se intensificava.

– Fala aí, mauricinho babaca! O que acontece se eu for ao limite dos nossos poderes? Quem morre primeiro? Quem gera a energia ou quem a recebe? Vamos testar?

Não tive nem tempo para me desesperar. Desmaiei.

Acordei com um chute leve no meu ombro.

– Aí, ô! Acorda!

Era um policial. Dois, na verdade. Ambos com armas apontadas para mim e uma senhora logo atrás que parecia bastante apavorada. Eu ainda estava no mesmo quarto que, claro, era um cômodo da casa de alguém.

– Levanta daí, maluco! Vai!

Levantei devagar para ganhar tempo. Não sentia dor, fraqueza, nada. Apalpei meu corpo, minha garganta... Estava tudo em ordem. Nenhuma marca sequer. A máscara ainda estava no meu rosto, graças a Deus. Mas havia perdido os visores. Olhei para os lados e, para surpresa de ninguém, minha "cópia" – se é que podia chamar assim – não estava lá. O cara me derrubou e desapareceu. Exatamente o que eu faria.

– Calma, calma... Tô colaborando – afirmei levantando as mãos.

– Fica parado – ordenou um dos policiais antes de me revistar.

Enquanto um apalpava minhas pernas, o outro não tirava os olhos de mim, nem a arma da minha cabeça.

– Como é que cê entrou aqui, maluco? Pela janela?

– Mostra o rosto pra falar com a gente! – ordenou o outro policial.

Queria inspecionar o lugar e ver se ele havia deixado algum rastro, mas era óbvio que não dava. Eu tinha que sair dali. E rápido. Como?

Opção A: emitir um enorme clarão de luz e saltar da janela por onde entrei, torcendo para que um tiro acidental não atinja minha nuca.

Opção B: desarmar os policiais à distância, usar a velocidade e empurrar todo mundo para fora do quarto. Quem sabe eu ganharia tempo para fazer a inspeção...

Estava prestes a seguir com a opção B quando lembrei do mais importante: Klaus!

Sem pensar, liberei uma descarga tão grande de luz que criei sem querer uma onda que repeliu os policiais e até a pobre senhora para longe de mim. Acho até que exagerei. Voei para fora, mas meio sem mira. Esbarrei na lateral da janela e um pedaço de vidro abriu um rombo na minha blusa.

Pousei exatamente no lugar onde Klaus foi alvejado, já pensando em formas de socorrê-lo caso ainda estivesse vivo, entretanto... ele havia sumido. Nem o sangue estava mais lá. Decolei de novo para me certificar de que não tinha errado de prédio. Agucei todos os meus sentidos e nada. Nenhum sinal do cara. Ok, pensei, isso é bom. Afinal, além dos lances psíquicos e outras estranhezas, Klaus podia ficar invisível. Vai ver, o tiro não foi tão grave quanto pareceu.

Interrompi o fluxo de pensamento por um instante e respirei. Lembro de ter passado longos minutos parado no ar, tentando em vão entender o que raios tinha acabado de acontecer.

Na manhã seguinte, esperei pacientemente Eder acordar e cumprir seu ritual matutino antes de começarmos os trabalhos. Era sábado e ele gostava de fazer as coisas devagar. Preparar o café, ir ao banheiro, tomar o café, ir ao banheiro de novo... Quando eu já não aguentava mais a ansiedade, Eder calmamente ligou seu computador e, com um sorriso singelo no rosto, perguntou:

– Quem começa, eu ou você?

– Você. Me fala o que descobriu sobre a tal Regina.

– Com prazer. Senta que a história é curta, mas muito louca. Dona Regina Albuquerque é uma espécie de símbolo do empreendedorismo feminino das décadas de 1960 e 1970, durante a ditadura. Nessa época, sozinha, ela já comandava duas construtoras e era mega influente. A ponto de conseguir que o governo autorizasse um laboratório farmacêutico dos EUA a explorar livremente a Amazônia.

– Pra quê?

– Ninguém sabe exatamente. Até aí, "tudo bem". O sigilo é comum nessa área de pesquisas e patentes... O lance é que, de uma hora pra outra, alguma coisa deu muito errado! Tipo, muito mesmo. Choveram denúncias de pessoas locais que diziam terem sido espancadas por americanos, vários casos de desaparecidos... As comunidades em torno da sede do laboratório se mobilizaram para expulsar os caras de lá...

– Caraca!

– A situação ficou insustentável e meio que se misturou à tensão política que o Brasil e o mundo viviam. Resultado: o laboratório foi comprado por uma empresa nacional equivalente. Advinha quem era a dona?

– Dona Regina.

– Exatamente. Pelo menos, essa é a história oficial que está em todos os sites, inclusive no da empresa dela. Olha – disse apontando para o monitor do laptop.

Era o site da OrgaFarma. Estava escrito: "Laboratório de testes e criação de medicamentos especializado em oncologia, imunologia e neurociência, com foco em tratamentos experimentais. Pioneira em um sistema exclusivo de formação de cientistas, a OrgaFarma é o laboratório que mais investe em pesquisas em toda a América Latina".

– Ok. A mulher é gigante.

– Maior do que você pensa. Ela é também sócia da ORGate, a terceira maior empresa de relações públicas, publicidade e recursos humanos do Brasil. E quem está na cartela de clientes desta superagência de propaganda? A rede de supermercado do Senhor Silvio.

– Uh!

– Não acaba por aí. Ela ainda é dona da Orga Secur.

– A empresa de transporte de valores...

– Cujo roubo a gente impediu antes de você virar churrasco em Salvador! Mas presta atenção: não é só uma transportadora de valores. Ela oferece serviço de segurança pessoal e patrimonial de ponta, cyber-segurança pra bancos e empresas, e tem o centro de comando de operações que é referência no país todo.

Eder fechou o laptop e se levantou.

– Aposto que os caras que vivem de tocaia na frente do nosso prédio e atacando você por aí estão ou já estiveram na folha de pagamento dessa Orga Secur. Mas agora me fala: encontrou o Klaus?

– Ah, encontrei.

– Descobriu alguma coisa?

– Descobri.

– Então...?

– Senta que a história é curta, mas muito louca.

***

– Como assim, mano?! – perguntou Eder praticamente aos berros.

– Foi o que aconteceu.

– Tá. Segura aí. Pera... Deixa eu... Isso não...

Eder caminhava em círculos pela sala. Seus olhos iam de um lado para o outro. Dava para praticamente sentir ele pensando.

– Uma cópia sua, escondida em um apartamento, atira bem no centro da cabeça de Klaus a uma distância que só um atirador de elite conseguiria e, quando você parte pra cima, ela te enfrenta no mano a mano e demonstra ter os mesmos poderes que os seus? Isso nem sentido faz, cara!

– Eu sei! Mas foi o que aconteceu até eu desmaiar.

– Encontrou alguma coisa depois? Arma, algum vestígio, sei lá?

– Não. Nada. Nem tive tempo...

Eder caminhou em direção à cozinha, perdido em pensamentos. Quando chegou próximo à porta que separa os cômodos, parou e virou-se para mim.

– Seu visor! A câmera do seu visor estava ligada quando saiu? – perguntou.

– Hã, não. Só funciona para chamadas de vídeo, não é isso?

– Não, mano... Ela pode captar e armazenar também – respondeu desapontado.

– Desculpa. Mas não importa. O visor sumiu. Aquela... O meu... Minha cópia deve ter roubado.

– Quanto mais você fala, mais dói minha cabeça.

– É o segundo ataque bizarro que eu sofro.

– Peraí, peraí... Lembra quando os ricaços disseram que tinham pessoas como você do lado deles?

– Acha que estão usando elas contra mim?

– Opa se acho!

Respirei fundo e lembrei de toda a conversa que tive com Klaus. Apesar das pistas que, sim, tínhamos que continuar seguindo, a escalada de perigo estava aumentando rápido demais. Como seguir adiante sem gerar uma nova onda de violência?

Foi então que tive uma ideia, no mínimo, arriscada.

Olhei para Eder e sorri.

– Que foi? – perguntou ele.

– Que tal a gente aproveitar o final de semana e fazer uma festinha aqui em casa?

– Cê tá bem louco?

***

Eram umas nove da noite. Ali, apoiado na grade da sacada, via as pessoas chegarem à nossa festinha, que já ganhava ares de festão. Bastou que Eder enviasse meia dúzia de mensagens para nossa casa praticamente lotar. Tomamos todas as precauções e arrumamos para que o apartamento parecesse o mais normal possível. Todo e qualquer objeto que denunciasse nossa empreitada sobrenatural ficou trancado dentro do armário da dispensa.

Fazia tempo que não via Eder tão feliz. Eu também estava, mas vê-lo ali distraído e sorridente me deixava mais tranquilo. Tranquilidade essa potencializada mil vezes pelos sons das risadas, da música ambiente, do constante abrir das latas... Houve uma época em que nós dois vivíamos pulando de festa em festa. Bons tempos.

Toda aquela atmosfera de alegria me contagiou, mas não podia relaxar. Eu não estava na sacada só para curtir a movimentação ou a paisagem. Meus olhos e atenção se concentravam na rua. Mais precisamente no bom e velho carro preto. Podia ver duas auras bastante inquietas através do capô, provavelmente por causa da movimentação diferente na frente do prédio e no meu apartamento.

– Olha ele aí! – gritou Eder, levemente embriagado, abrindo espaço na pequena aglomeração que se formou na nossa sala.

Se aproximou acompanhado de uma garota que eu nunca havia visto entre nossos amigos em comum.

– Lígia, esse é Caliel, o trouxa que mora comigo. Não te falei que ele existe? Me deve cinquenta conto. Trouxa, essa é Lígia. Ela é fotógrafa, mas paga as contas como minha chefe de projeto na firma – disse, nos apresentando.

Lígia sorriu e nos cumprimentamos com um beijo no rosto. Seu perfume me lembrou capim-cidreira.

– O Eder fala tanto desse tal Caliel que ninguém nunca viu... que a gente apostou que você era uma invenção dele.

– Invenção, tipo, uma personagem? – perguntei.

– Tipo uma desculpa para não receber a gente aqui.

– Hahahaha! Eu sou real, pode beliscar – falei, levantando meu braço.

Ela fez que ia, mas recuou e sorriu.

– Opa, opa. Quem garante que você é o Caliel e não uma pessoa se passando por ele? – perguntou, trincando os olhos.

– Quer que eu te mostre minha identidade?

– Ela pode ser falsa.

Olhei para Eder, que ergueu as sobrancelhas e sorriu de nervoso.

– Então você vai ser obrigada a conviver com o mistério.

– Conviver? Tá me pedindo em namoro? – Rimos. Eder levantou os braços e saiu de fininho.

Lígia destoava da maioria das pessoas. Seus olhos castanho-claros contrastavam com a pele quase tão escura quanto seus cabelos pretos, curtos e cacheados. Vestia saia longa colorida, tênis velho azul e uma jaqueta jeans com as mangas dobradas, ostentando as tatuagens tribais com traços supercomplexos, que partiam das costas das mãos até as laterais do pescoço. O piercing no nariz era a cereja do bolo.

– Quer dizer que você é chefe do Eder?

– Eu sou, acredita?

– Como é trabalhar com ele?

– Ele é um Stephen Hawking com o humor e os modos do Shrek. Ou seja, encrenca.

– Hahaha!

– Sério. Pensa num cara megacompetente, responsável, empático, capaz de rir nos momentos de crise, mas que é inflexível e teimoso como uma porta emperrada. Fora que parece que vive em outro mundo, às vezes.

– Sei bem.

– É o melhor analista que a gente tem e um baita

amigo... Falta muito pouco para conseguir uma promoção e ser chefe da própria equipe.

– O que falta?

Lígia apertou os lábios e olhou para o canto. Parecia que eu havia entrado em um terreno delicado.

– Bom, vou falar porque são amigos e acho que, de repente, você pode colocar algum juízo naquele cabeção – disse ela, receosa.

– Claro.

– Falando bem a real, Eder só não foi promovido até agora porque está claro para nós que ele não quer estar ali na maior parte do tempo. Tipo, dá para perceber que ele gosta do que faz, mas, pelo menos de um ano pra cá, é como se a motivação profissional dele estivesse em outro lugar, entende?

– A-acho que sim.

Nossa. A culpa caiu como uma bomba no meu peito. Era óbvio que a vida que Eder levava ao meu lado fazia algum mal à carreira dele. Mas foi só naquele instante que pude imaginar o quanto.

– Assim, tá na cara que é fase – continuou ela. – Ele deve estar pensando nos caminhos que quer tomar. Normal. Só tenho medo de que essa demora tire dele a chance de progredir na empresa, de ganhar mais... Já tentei dar uns toques, mas ele não se abre. Se você puder, conversa com ele.

– Claro. V-vou falar com o Ed. Pode deixar.

– Ai, obrigada. Pensa num cara que merece...

Me esforcei para não demonstrar o impacto que as palavras de Lígia tiveram sobre mim, mas acho que não fui convincente, já que um silêncio constrangedor tomou conta do ambiente.

– Então, há... E você? O que faz, o que come, como vive...? – perguntou sorrindo.

– Trabalho muito, vivo uma vida dupla e estou na estrada para descobrir o sentido de tanto trabalhar.

– Profundo. E trabalha com o quê?

– Escrevendo. Antes eu queria ser ator, mas não deu certo.

– Você parece levar jeito pra atuar. Tem um jeitão meio dramático. E escreve sobre o quê?

– Sobre o que me mandam.

– Hmmm... Sempre achei que a vida de quem escreve fosse excitante, cheia de reviravoltas intelectuais, crises existenciais, epifanias.

– Crise existencial tem de monte, mas o resto é bem banal, na verdade.

– E essa vida dupla que você mencionou? Como é isso?

– A do aqui e agora e a que acontece na minha mente.

Lígia diminuiu o sorriso. Deu um passo na minha direção, fixou-se nos meus olhos e disse como quem acabara de fazer uma grande descoberta:

– Você tem um talento, senhor Caliel...

– Qual?

– O de ser profundo e raso ao mesmo tempo.

– E isso lá é talento?

– Ah, é. Algumas minas adoram isso. Um cara altivo, bonitão, que sabe manusear minimamente bem as palavras e dar esse ar de pseudoprofundidade à própria personalidade.

– Pseudoprofundidade.

– Sim. Parece profundo, soa profundo, mas é raso. Não caio nessa, não.

– Estou sendo julgado?

– Todo mundo está, meu bem. O tempo todo. Achou que ia ser diferente com você?

– Achei que minha altivez me blindaria do julgamento.

– Não blinda. Está sendo julgado aqui e agora pela sua pseudoprofundidade.

Eu estava adorando aquela garota.

– Mas e a sua dupla vida? – perguntei.

– Quem disse que tenho uma?

– Vejamos... Você é chefe de equipe em uma empresa de análise de sistema e é fotógrafa. São duas vidas completamente diferentes.

– Para você. As artes de programar e fotografar são bastante complementares.

– Me explica.

– Precisaria de horas e um ambiente mais tranquilo pra isso.

– Tá me chamando para sair?

Lígia sorriu e olhou rapidamente para baixo antes de

se dirigir a mim de novo.

– Não sei se gostei de você – respondeu em tom jocoso.

Não vou mentir. Eu estava irreversivelmente encantado por cada palavra que ela dizia. Queria continuar a conversa por horas, mas havia uma coisa que eu precisava fazer antes. Olhei novamente para o carro preto e senti que era hora de agir. Me virei para Lígia e disse em tom de pressa:

– Eu vou... Preciso descer para, hã, resolver uma coisa e já volto.

– Tá bom.

– Não demoro.

– Tudo bem. Acho que sobrevivo.

Caminhei rapidamente até a porta e, antes de sair, ergui o braço para Eder, que veio na minha direção.

– Já tá indo? – perguntou baixinho.

– Tô.

– É pra fazer alguma coisa? O que eu...

– Relaxa. Só curte. Vai ficar tudo bem.

– Ok. Boa sorte.

– Valeu.

Saí do apartamento e caminhei até o elevador, que já estava no meu andar. Apertei o térreo e bastou que começasse a descer para o meu coração acelerar. Minhas mãos faiscavam tanto que tive que colocá-las no bolso. Não havia roteiro para o que eu estava prestes a fazer, nem plano B para o caso das coisas derem errado.

***

Passei pelo portão do prédio cumprimentando um casal de conhecidos que chegava para a festa. Esperei que eles entrassem e caminhei devagar em direção ao carro. Deu para ver as auras mudarem de cor rapidamente. Naquele momento, tudo podia acontecer.

Antes mesmo de eu chegar no meio da rua, a porta do motorista se abriu e de lá saiu um homem de terno preto e camisa vinho. Pele escura, alto e duas vezes meu tamanho, com o rosto quadrado e aspecto agressivo.

Achei por bem não prolongar o silêncio.

– Vim conversar – disse levantando as mãos até a altura do peito.

O homem franziu a testa e perguntou com voz empostada.

– Sem gracinha?

– Sem gracinha.

– Entra no carro.

Abriu a porta traseira e eu entrei. O carro cheirava a sanduíche e era superequipado. Dois computadores no painel, um televisor que transmitia um canal *streaming* e outros dois monitores e luzes que eu não sabia para que serviam.

O segundo homem, sentado no banco do passageiro da frente, também vestia um terno preto e camisa vinho, mas parecia mais baixo. Usava óculos, um topete meio exagerado e tinha cara de gente boa.

O motorista me encarou pelo retrovisor e levou sua mão direita à chave, que estava na ignição. Fiz que não com a cabeça e disse:

– Calma lá. A gente não vai sair daqui.

– Você falou que queria...

– Falei. Mas vamos conversar aqui mesmo.

– Não é com a gente que você vai conversar, menino – interrompeu o gente boa.

Neste instante, tirei meu celular do bolso e o levantei para que eles pudessem ver.

– Seguinte. Estou aqui de cabeça aberta, mas tenho uma condição e um aviso. A condição é que quero que seja aqui e agora. O aviso é que, se alguma coisa que não seja uma conversa civilizada acontecer, vamos ter uma briga espetacular na frente de um prédio lotado de gente. Basta um sinal meu, um clarão diferente no céu, para pelo menos quarenta testemunhas aparecerem aqui em menos de um minuto. Imagino que ninguém queira isso.

Após um breve silêncio, o capanga gente boa sorriu e disse em tom de impaciência:

– Vou falar de novo, caso o super-herói aí não tenha entendido. A conversa não é com a gente.

– Vocês me monitoram faz tempo... Aposto que a pessoa com quem devo falar tem o meu número de celular – falei, chacoalhando meu aparelho no ar.

Eles se entreolharam com preocupação.

– Tem protocolo pra isso? – perguntou baixinho o

motorista mal-encarado.

– A gente nem devia tá falando com ele – retrucou o outro.

Depois de vinte segundos de discussão, o celular de alguém vibrou. Era o do capanga topetudo.

– Alô. Oi... Sim, claro. Um segundo – disse, apertando em seguida um botão no painel do carro.

De repente, uma voz masculina e um tanto rouca saiu por todas as caixas de som do carro.

– Oi, Caliel. No que posso ajudar? – perguntou a voz.

– Estou falando com quem?

– Com a tua mãe.

– Beleza.

Abri a porta do carro e fiz que ia sair.

– Ô. Espera aí! – disse a voz. – Fica, vai!

– Não tô pra palhaçada – retruquei fechando a porta com força.

– Desculpa. Achei que, por causa de toda essa loucura de super-herói, você fosse uma pessoa mais desprendida. Parece que não. Mas, diga lá, criatura. O que você quer?

– Conversar.

– Sobre?

– Um acordo.

– Você quer fazer um acordo?

– Quero.

– Por quê?

– Pela última vez: com quem estou falando?

– Me chame de Isaac.

– E qual é sua posição nesse clubinho conspiratório?

– O que você chama de clubinho, chamamos de coalizão. E pode me considerar um diretor de operações ou relações públicas.

– Ok, Isaac Relações Públicas. Acho que ninguém está ganhando com essa dinâmica de gato e rato. Se a gente continuar nessa, alguém vai se machucar sério.

– Você vai se machucar sério.

– Tá ligado que só não matei ninguém até hoje porque não quis, né?

– Diz isso para a família do senhor Pádua. Por falar nisso, como tá esse bronzeado aí? Muito queimado ainda?

O cara sabia provocar.

– A sua voz me é familiar. A gente já se trombou? – perguntei.

– "Trombar" define bem, não é? Hah! Bom, gosto da sua proposta, Caliel – disse Isaac ignorando minha pergunta. – Vamos tentar esse acordo. Que tal uma reunião, eu e você?

– Onde?

– Meu escritório.

– Por que não num bar?

– Bar?

– Ou em qualquer lugar mais movimentado. Não é que

eu não confie em você, pelo amor de Deus. Só quero evitar que nossa relação potencialmente abusiva exploda de vez.

Silêncio. Deu para ouvi-lo bufar do outro lado da linha.

— Justo. Mas, corrija-me se eu estiver errado, você entrou neste carro disposto a negociar, correto? Em qualquer negociação que se preze, as duas partes devem ceder. Então, lhe digo o seguinte: Nos encontramos em meu escritório na quarta-feira, depois do horário comercial, e me comprometo a dar as informações que você tanto busca.

— Quais?

— Como você ganhou esses poderes e o que nós temos a ver com isso.

É. Eu queria essas informações.

— E todo aquele papo babaca de eu me juntar a vocês? — perguntei.

— Falaremos sobre isso também. Com mais civilidade, espero.

— Sem capangas, sem ameaças...

— Sem jogar outro telhado na nossa cabeça.

— Combinado. Onde fica seu escritório?

— Mando um carro te pegar às oito e meia.

— Prefiro ir por mim mesmo.

— Hmm. Te envio o endereço na quarta mesmo, no fim do dia.

— Ok. Ah, só mais uma coisa.

— Sim?

— Até lá, dá para não enviar mais ninguém para me matar?

– Não sei do que você está falando. Até quarta. – E desligou.

Saí do carro e caminhei até a entrada do meu prédio sem olhar para trás. Lembro de ter pensado, já dentro do elevador, no quão fácil foi aquilo. Será que havia possibilidade real de uma negociação com eles? Se sim, o que eu teria evitado se tivesse trilhado esse caminho antes?

Abri a porta de casa e vi Eder rindo entre amigos. Assim que me viu, mudou rapidamente, caminhou na minha direção e me abraçou.

– Como foi? – perguntou baixinho.

– Deu tudo certo. Depois te conto os detalhes.

– A gente corre o risco de algum assassino entrar aqui e matar a gente hoje?

– Não. Hoje, não – respondi rindo.

– Então, vamos fazer uma coisa que não fazemos juntos faz tempo. Aproveitar!

Agarrou meu braço e me colocou de frente para Lígia, que sorriu de forma tão constrangida quanto eu.

– Olha quem eu achei! – disse Eder, praticamente me entregando para ela.

– Demorei? – perguntei meio sem graça.

– Ô. Uma eternidade – respondeu Lígia em tom irônico.

Baixei a guarda e aproveitei a festa. Aproveitei mesmo. Cada momento. Cada conversa. Lígia e Eder me apresentaram a outras pessoas e, mesmo um pouco enferrujado, tive interações reais. O único problema era que, quanto mais relaxado eu ficava, mais luzes eu via saindo das pessoas. Falando assim parece legal, mas atrapalha quando tudo que você quer é ouvir o que outra pessoa está falando.

Sentia que Eder me observava meio de longe enquanto eu conversava com as pessoas que ele conhecia. Não para o caso de me alertar caso eu dissesse o que não deveria, mas acredito que ali, naquele momento, compartilhamos da mesma sensação de que, sim, uma vida um tanto mais comum e prazerosa era possível.

Em um dado momento, o interfone tocou. Era o zelador, bravo para caramba, dizendo que o prédio inteiro estava reclamando do barulho. Pedi para Eder me ajudar a controlar o pessoal e fui para a sacada ver se o carro dos capangas ainda estava lá. A vaga que eles ocupavam estava vazia. Ótimo sinal, certo?

A mão fria de Lígia tocou meu ombro. Virei-me e ela me encarou com aqueles olhos brilhantes e expressão risonha. Disse, encostando-se na proteção da sacada:

– Estou seriamente pensando em te beijar.

– Por que seriamente e não divertidamente?

– Ok. Estou divertidamente pensando em te beijar.

Me aproximei e, nossa... Você já deve ter sentido isso. Uma mini queimação no peito, uma sutil falta de ar. Parecia que o universo inteiro cabia dentro daqueles segundos antes do beijo. Perdão pela pieguice, senhoras e senhores, mas, no momento em que nossas bocas se tocaram, eu soube que minha vida tinha mudado por completo.

Estiquei o tempo ao máximo. O que para ela foram vinte ou trinta segundos, para mim foram vários minutos. Minhas percepções explodiram. Nos afastamos devagar e vi pequenas bolhas de luz roxa saírem da pele retinta de Lígia. Pareciam orquídeas incandescentes.

– Uau! – disse ela, depois de um longo suspiro.

Eu não disse nada. Ou disse. Não lembro.

– Olha... não sou mística. Nem em horóscopo eu acredito. Mas esse beijo foi... transcendental.

Passamos horas conversando e nos beijando na sacada. Falamos sobre histórias de vida, política, família... Ela falou sobre como seu pai, um homem endurecido pela vida, conseguiu com muita dificuldade estudar para a carreira de funcionário público. Sobre o irmão que queria ser militar, mas era sensível e preguiçoso demais. Sobre como sua mãe, apesar dos defeitos, lhe ensinou a ser uma mulher forte e a jamais abaixar a cabeça.

Estava morrendo de vontade de falar abertamente sobre a minha vida. Queria poder responder a qualquer pergunta, contar qualquer história sem o medo de revelar o que não devia. Mas me segurava. Não ia além e Lígia, que não era boba, percebia.

Lá pelas tantas da madrugada, as pessoas começaram a ir embora. Eder lavava os copos e se despedia dos últimos convidados. Eu, que não dormia, demonstrava uma energia bem diferente da de Lígia que, já no seu terceiro copo de água, estava bastante exausta.

– Tenho que ir embora, senhor profundo. Já tô virando abóbora – disse, procurando o celular entre os assentos do sofá.

– Fica.

– Não. É perigoso.

– Por quê?

– Eu e você num quarto, com essa química? Perigosíssimo.

– Imagina! Eu posso...

– FAZ MAIS DE UM ANO QUE CALIEL NÃO TRANSA! – gritou Eder da cozinha.

Gelei. Lígia me olhou desconfiada.

– É mentira, né? – perguntou.

– N-não. Não é. Mas é por opção!

– Por religião?

– Não! Opção!

– Ah.

Eder morria de rir e eu não sabia onde enfiar minha cara. Lígia, sem nenhuma intenção de parecer discreta, me puxou para si e disse:

– Antes de qualquer coisa, me responde.

– Responde o quê?

– Qual é o esquema?

– Esquema?

– Você trafica?

– Eu?!

– Responde. Sem titubear. Trafica ou não trafica?

– Claro que não! Por quê? – perguntei sem entender nada.

– Quando fugiu no começo da festa, você entrou e saiu de um carrão preto. Vi daqui de cima. Não quero me meter na sua vida, mas não durmo com traficante. Você trafica?

– Não.

– Mexe com alguma coisa ilegal?

Hesitei. Por mais que não me considerasse um criminoso, minha vida era um poço de ilegalidade.

– Mexe, né? – perguntou, insistindo.

– Não, Lígia! Sou um cara quieto, distante, tenho imensa dificuldade de falar sobre algumas áreas da minha vida, mas traficante eu não sou!

Pausa. Ela cerrou os olhos, mas em seguida sorriu e disse:

– Ok. Vamos pro quarto "dormir" – decretou.

– "Dormir".

– Sim, porque é isso que homens virgens como você fazem. Dormem.

– Hahaha!

Não vou entrar em detalhes sobre como a minha noite terminou, no entanto pode-se dizer que descobri um universo de novas e sutis utilidades para os poderes.

Esperei Lígia dormir e fui ver o sol nascer da sacada. Senti a brisa ainda gelada do domingo e sorri sozinho. Me conectar com as pessoas abriu minha mente. Estava decidido a fazer parte do mundo de novo. Como Caliel, não como Cidadão Incomum.

O que eu não sabia era o quanto isso seria difícil.

***

Não podia acreditar no que meus olhos viam. Era o terror.

— É sério isso? – perguntei aos berros.

— Ué! O que tem?

— Por que você fez isso?

— As coisas mudam, meu filho. Lide com isso.

Meu quarto. O lugar que era praticamente sagrado para mim, onde dormi, brinquei e vivi todas as descobertas da juventude... tinha virado um depósito.

— Inacreditável, mãe.

— Botei o que restou das suas coisas ali. Tire quando puder, mas tire. Vou precisar do espaço – disse minha mãe, apontando para três caixas de papelão.

— Pra quê?

— Escritório. Estou dando mais aulas *online* e preciso de um lugar onde os latidos do cachorro da vizinha não atrapalhem tanto.

— Não tô acreditando.

— Pois acredite. Preciso fazer dinheiro, filhão. Rapadura é doce, mas não é mole não.

— Os seminários e o que a senhora recebe de aposentadoria não estão segurando as contas?

— Estão, mas... Não dá pra contar só com isso.

Uma luz amarela em forma de vapor saiu do peito de minha mãe. Ela estava preocupada.

– Cê tá bem, mãe?

– Estou. Com uma dorzinha chata de cabeça só.

– Ainda?

– Vem e vai.

– Precisa ver isso.

– Vamos comer? – perguntou, me levando para fora do quarto. – Me ajuda com a mesa que sua irmã já está chegando.

No caminho até a cozinha, passamos pela sala de TV e vi a boa e velha cestinha de correspondências. Parei para checar se havia alguma coisa para mim, porém, como de costume, só contas vencidas e propagandas. Embaixo da cesta havia uma pequena pilha de envelopes maiores, mas eram todos endereçados à minha mãe.

Quando terminei de colocar a mesa, minha irmã chegou com o namorado. Seu nome era Evandro, mas minha irmã o chamava de Nando. Cara de uns trinta e cinco, vestia uma camiseta polo e penteado impecável. Enquanto fazíamos as apresentações e piadas protocolares, percebi que minha mãe e irmã cochicharam alguma coisa na pia, mas não dei muita bola.

Com todos à mesa, fiquei frente a um grande e perigoso desafio: o almoço em si. Se você acompanhou tudo que escrevi neste conjunto de relatos, sabe que o efeito colateral mais devastador dos poderes é o fato de não precisar comer. Mais que isso: eu não podia comer. Ainda não posso. Qualquer coisa que eu coma, meu organismo expulsa em vômitos dolorosamente acompanhados por uma enxaqueca terrível que perdura por dias. O mesmo vale para bebidas e qualquer coisa que não seja água.

Agora, como me livrar do delicioso prato de macarronada à bolonhesa que minha mãe gentilmente colocava na minha frente?

– Nossa, mãe. Que macarronada maravilhosa – disse Ana.

– Tá mesmo – concordou Nando.

– Jura, gente? Não suporto mais o gosto da minha comida. Enjoa.

– É a receita da tia Cassandra? – perguntou Ana.

– Mais ou menos. Adaptei um pouco.

Era a hora de fazer valer todos aquelas aulas de teatro.

– Mãe, a-acho que... tô passando mal – disse, me levantando da mesa.

Corri para o lavabo, fechei a porta e fiz uma série de barulhos nojentos com a boca para simular que estava vomitando. Dava para ouvir minha irmã rindo, mas era triste para mim ter que fazer aquela cena toda. O que eu podia fazer?

Algum tempo depois, voltei para a cozinha com a maior cara de pau.

– Desculpa, gente. Acho que bebi demais ontem.

– Bebeu, né? – disse minha mãe. – Pega uma água pra se hidratar e senta aqui do lado da mamãe.

Foram horas da mais pura paz dominical. Minha mãe ria contando sobre suas discussões com a vizinha, fazia piada e falava de seus planos profissionais com leveza e tranquilidade. Parecia feliz de ter a mim e minha irmã por perto.

– A Ana falou da tia Cassandra agora há pouco. Tem falado com ela, mãe? – perguntei.

– Nossa, não. Faz meses que ela não me atende, nem retorna meus recados.

– Será que ela tá bem? – perguntou Ana.

– Deve estar. Notícia ruim vem a cavalo.

Não dá para imaginar nossa infância sem a tia Cassandra. Sendo dezessete anos mais velha que minha mãe, cumpria mais o papel de vó que de tia. Tinha um jeitão meio bronco, turrão, mas era doce demais com a gente. Não havia assunto que ela não pudesse conversar por horas. Por ter viajado o Brasil inteiro como enfermeira missionária, era um poço de conhecimento e histórias incríveis. Além de uma figura bastante presente na nossa formação, a tia Cassandra apoiou demais minha mãe na época em que ela se desdobrava entre o doutorado e dois empregos para colocar comida na mesa.

Um dia, a tia surtou. Perdeu o contato com a realidade e passou a ter surtos de comportamento agressivo. Minha irmã e eu não entendíamos nada, até minha mãe explicar que a tia teve um passado bastante difícil. Foi perseguida durante a ditadura, mas não por pertencer ao movimento estudantil. Seu marido, um agiota, descumpriu um acordo com um militar, que fez da vida deles um verdadeiro inferno. Além disso, ela teve sua única filha sequestrada e morta na década de noventa, no mesmo ano em que nasci. Por isso era tão apegada na gente.

Minha mãe implorou para que ela viesse morar conosco, porém Cassandra, turrona que era, preferiu se internar. Mesmo assim, mantivemos contato frequente por anos e passamos quase todos os feriados juntos. Por que ela havia sumido?

– A gente devia ir lá ver se está tudo bem – sugeri.

– Olha, filho. Sua tia não quer ver a gente. Se tivesse algum problema real, a primeira pessoa a saber seria eu. Sou o único contato registrado na casa em que ela está.

– Entendi, entendi...

– Vamos esperar, né? Daqui a pouco é Natal. Vai que a tia se anima... – concluiu Ana.

O tempo passou rápido demais. Quando dei por mim, lá estávamos nós três vendo TV juntos, como sempre fazíamos aos domingos. Um raro e valiosíssimo momento de paz que quase foi ameaçado por uma notícia urgente do jornal.

– Reviravolta sobre o caso Joaquina. Em depoimento para a polícia, Bruno Alvarenga, colega de sala da jovem, afirmou que a garota saltou espontaneamente da janela do décimo oitavo andar, mas que ela não pretendia se matar. Segundo Bruno, Joaquina acreditava que...

– Ai, gente. Não dá. Que pesadelo terrível! – disse minha mãe mudando de canal.

– Que história é essa, mãe? – perguntei.

– Uma menina se jogou do prédio quando os pais não estavam. Parecia que ela era viciada em games, transmitia os jogos pela internet. Que pais deixam uma criança sozinha em casa, pelo amor de Deus?!

– Vamos mudar o rumo dessa prosa – pediu Ana.

Já era quase sete da noite e eu precisava voltar. Nos despedimos com um abraço demorado e bem apertado. Sentia que ela não queria me soltar. Eu não queria que ela me soltasse. Colocou potes cheios de macarrão em uma pequena mochila e me fez prometer que comeria tudo.

Queria voltar para casa voando. Seria mil vezes mais rápido. Mas achei melhor já levar as caixas, então pedi um motorista pelo aplicativo.

– Vem. Te acompanho até o portão – disse Ana.

Estranhei. Apesar de eu e minha irmã nos amarmos, nunca fomos tão educados assim um com o outro. Quando chegamos ao portão, descobri o motivo.

– Você tá bem, Cali? – perguntou preocupada.

– Sim. E você?

– Bem também. Seguinte, não sei se você sabe, mas estou saindo de casa.

– Jura? Que legal! Vai morar com o Evandro?

– Nossa, não! Tá muito cedo pra isso. Vou sozinha. Aluguei um apê no centro.

– Morei lá já. É legal.

– Eu sei. Mas, então... Não tenho certeza de que a mamãe esteja levando isso numa boa.

– Ela está triste?

– Tenta não demonstrar, só que está sim.

– O que eu posso fazer?

– Seja mais presente. Não suma. A mamãe tem que praticamente implorar para você aparecer ou ligar. Deixa ela participar um pouco mais da sua vida.

Queria tanto explicar por que aquela não era uma boa ideia.

– Entendo que você seja mais reservadão, mas tente equilibrar isso aí. Você tem família. Fechou?

– Sim. Fechou.

– Então, tá. Vou entrar.

Não pensei muito no assunto na volta para casa. E olha que tive tempo, porque o trânsito estava totalmente parado. Parado, não. Um caos. Não havia saídas, retornos ou caminhos alternativos. Era a final de algum campeonato importante, não lembro, e a avenida Paulista estava tomada por torcedores histéricos. A viagem que normalmente duraria vinte minutos já estava batendo uma hora.

– O seu direito começa onde termina o meu – disse o motorista apontando para as pessoas.

– Pois é – respondi sem a menor intenção de prolongar o papo.

– As pessoas podiam comemorar com educação, sem perturbar a cidade inteira. Um sujeito desse não está nem aí se eu estou trabalhando, se você está com pressa, se tem alguém doente em casa... Nada.

Enquanto o motorista falava, eu olhava para o céu milagrosamente limpo e me perguntava: por quê?

– Meu sobrinho me mandou um vídeo interessantíssimo pelo zap sobre como identificar um psicopata na família.

Por que não voltei voando?

– E, não sei se você sabe, mas uma das características de um psicopata é que ele é incapaz de sentir empatia pelas outras pessoas...

De repente, reparei que uma das estrelas se mexia e aumentava de tamanho muito rápido.

– Agora, vendo essa multidão de gente desocupada que coloca seu direito de comemorar acima dos direitos das outras pessoas de ir e vir, te pergunto...

Parecia que caía na minha direção. Estava tão aéreo e abalado que levei mais tempo que o normal para me dar conta de que aquilo não era uma estrela, mas um...

– Será que a gente não está vivendo numa sociedade de psicopatas? Uma sociedade pronta para engolir a si mesma?

Míssil?!

Abri a porta do carro e decolei o mais rápido que pude. Enquanto subia na direção do que quer que fosse aquilo, acelerei ao máximo meus sentidos e concentrei toda a força de vontade nos punhos.

Estava pronto para uma pancada daquelas, entretanto assim que cheguei mais perto o tempo desacelerou e, cara, não conseguia acreditar no que estava vendo. Era um míssil, mas parecia ter saído de um desenho animado. Colorido, com olhos e bocas desenhados e proporções cartunescas. Não era de verdade.

De qualquer forma, se atingisse os carros ou a multidão na avenida, seria uma tragédia. Acelerei mais, emiti um enorme pulso elétrico que criou um campo a minha volta e fechei os olhos à espera do impacto que... não veio.

Abri os olhos e me vi – acredite se quiser – no meio de uma imensidão de borboletas incandescentes multicoloridas. Era uma visão incrível, mas estava assustado demais para apreciar. Olhei para baixo e nada de mísseis destruindo carros, graças a Deus. Mas o que raios estava acontecendo?

– Expectativa versus realidade – disse uma voz atrás de mim.

Era o outro eu, flutuando na minha direção com o peito estufado e os braços cruzados. Totalmente trajado de Cidadão Incomum. Acendi os punhos e me preparei para tudo.

– Falam que a mudança é a única constante no universo. Não é a única. Decepção também acontece bastante.

– Precisou de quantas semanas para decorar essa porcaria de frase de efeito?

– Me diz você. Afinal, somos um só.

Ele falava e gesticulava como se interpretasse um papel. Será que eu era canastrão assim também? Estava doido para encher aquela cópia de porrada, mas antes ia tentar obter algumas respostas.

– Por que você matou o Klaus? – perguntei.

– A ideia era te desestabilizar.

– Funcionou. O que eu te fiz?

– Seu ego assassino fez. O Cidadão Incomum é um erro! Está endoidando as crianças, deixando as pessoas loucas! Se eu te parar, paro a loucura!

– Do que cê tá falando, cara? Não somos a mesma pessoa?

– Sim, somos. Não somos? Somos um. Correção. A gente é um erro. A diferença é que eu sou o único que sabe disso.

– Não estou entendendo nada!

– Eu sei – disse, acendendo seus braços até a altura dos ombros.

Olha, eu sou rápido. Principalmente quando fico em estado de alerta. Mas o que aquele cara fez foi... assustadoramente incomum. Assim que se iluminou, voou na minha direção em uma velocidade tamanha que me atingiu antes de eu sequer pensar em me mexer. Foi como ser atropelado por um trem-bala.

Meu corpo foi lançado a uma velocidade altíssima na direção de um prédio. Apesar de estar consciente, não tinha forças para desacelerar. Estava sem controle. Meus braços e pernas não respondiam. Tudo o que pude fazer foi esperar o impacto e torcer para não machucar ninguém.

– Há... Che-chegamos ao seu destino, senhor Gabriel.

Abri os olhos no susto. Estava de volta no carro. O motorista me olhava pelo retrovisor com alguma apreensão.

– O senhor me chamou de quê? – perguntei.

– Gabriel, senhor. A gente já chegou.

Gabriel. Tá certo. Me cadastrei com esse o nome no aplicativo para evitar ser rastreado. Olhei pela janela. Era meu prédio.

– Tem outro passageiro me esperando.

Peguei as caixas, a mochila e saí. O que quer que tenha acontecido comigo, abalou também o motorista, que foi embora cantando pneus.

Caminhei até o elevador com a sensação de estar pisando em algodão. Não conseguia pensar direito. Formigamentos iam e vinham em todas as partes do meu corpo. Era como se eu estivesse parcialmente dopado.

Subi até o apartamento chacoalhando a cabeça para afastar a letargia. Precisava entender o que havia acabado de acontecer, mas ainda faltava o golpe final contra a minha sanidade. Coloquei as caixas no chão e, quando fui pegar as chaves que estavam no bolso interno da minha jaqueta, senti um objeto maior que não estava ali antes e o tirei. Eram meus visores. Os mesmos que eu havia perdido na noite em que meu outro eu tinha matado Klaus.

Ok. Eu precisava de ajuda.

— **TENHO AQUI TRÊS HIPÓTESES QUE PODEM EXPLICAR ESSES ATAQUES** que você tem recebido do outro... desse... do outro você. Vou partir da menos para a mais plausível, ok? – disse Eder, segurando umas folhas repletas de anotações.

O dia seguinte era segunda-feira e Eder, mesmo atrasado para o trabalho, fez questão de me ajudar a colocar a cabeça no lugar.

– Conhece o conceito de realidades ou universos paralelos? – perguntou.

– Tipo o multiverso dos quadrinhos?

– Tipo isso. Não existe nenhuma evidência de que essas outras realidades existam, mas é um assunto que encontra cada vez mais respaldo nas duas principais e mais confiáveis teorias sobre como o universo funciona:

A relatividade geral e a mecânica quântica. Já adianto que não manjo nada disso. Tudo que eu disser a partir de agora é uma tentativa estúpida de simplificar o que é megacomplexo. A chance de eu falar besteira é alta, tá?

– Tá.

– Imagine que você está, sei lá, decidindo se vai assistir ao filme A ou ao filme B. Segundo a mecânica quântica, no instante em que você toma a decisão, duas realidades são criadas e passam a existir simultaneamente.

– Uma na qual assisti ao filme A e outra...

– Na qual você assistiu ao filme B. O problema é que a gente só percebe uma dessas realidades. Pensa no caos que seria se pudéssemos viver todas as possibilidades ao mesmo tempo.

– Então, cada vez que estivermos diante de uma ou mais decisões na vida...

– Todas elas acontecem, aconteceram ou vão acontecer em algum lugar no tempo-espaço, fora da realidade percebida. Porque, segundo a teoria, cada escolha é uma possibilidade e, se uma coisa pode existir, vai existir.

– A gente não pode imaginar ou ponderar sobre o que não pode acontecer.

– Exato. Agora, imagina as infinitas realidades como linhas, uma do lado da outra. A realidade paralela mais próxima, digamos, a vizinha, tende a ser bastante parecida com a nossa. Praticamente idêntica. Porém, se avançarmos para quatro, cinco ou quinze realidades para esquerda ou para direita, as diferenças seriam mais gritantes.

– Tipo, em uma realidade mais distante, a gente está tendo essa conversa, só que quem tem os poderes é você.

– Sim. O que nos leva ao nosso problema aqui. Realidades paralelas não deviam se tocar. Por isso são chamadas de paralelas. Mas, e se esse Caliel que está atacando você viesse de uma realidade onde ele pode fazer isso?

– Faz sentido. Mas matar Klaus, me atacar? Por quê?

– Sei lá. A gente não sabe qual é a história dele ou o quão distante ele está da nossa realidade. Talvez viajar entre universos deixa a pessoa psicótica. Ou quem sabe ele esteja saltando entre mundos há tanto tempo que pirou. Quantas vezes você quase enlouqueceu ou perdeu o controle dos poderes?

– "Se eu te parar, paro a loucura".

– Ele disse disso?

– Disse.

– Pois então. Se vocês são a mesma pessoa, se colocar no lugar dele talvez seja a única forma de lidar com esse pesadelo.

– Tá. Hipótese um: estou enfrentando um Caliel de outra realidade. Qual a hipótese dois?

– Você disse que ele matou Klaus com um tiro a longa distância, certo?

– Certo.

– Deve ser algum tipo um fuzil de precisão. Quando brigou com ele, viu alguma arma?

– Não, nada.

– Se ele tem os mesmos poderes que os seus, por que se dar ao trabalho de atirar?

– Não faço ideia.

– Hipótese dois: talvez ele não seja uma versão sua, mas alguém que esteja trabalhando duro para se passar por você. Tente se lembrar de incongruências, como a da arma.

– Hmm. Cara, pode ser. Ele tem a minha voz, mas fala diferente. Tem uma movimentação pouco natural.

– Isso.

– E a terceira hipótese?

– A mais simples e provável, meu velho. Você está perdendo a noção da realidade.

– Quê?

– Me ouve antes de dar chilique. Só agora começamos a entender como os poderes te afetam no longo prazo, certo? Desde que eles apareceram, sua personalidade mudou, sua forma de lidar com as pessoas também... Mesmo quando tenta interagir, parece que a maior parte da sua atenção está em outro lugar. Fora que você não come, não dorme, só vai ao banheiro para mijar e pouquíssimas vezes por semana.

– Tá contando quantas vezes eu vou ao banheiro?

– Contando e anotando.

– Cê acha que tô ficando louco?

– Não. Acho que seu corpo catalisa uma quantidade gigantesca de energia, vinte e quatro horas por dia, mas sua mente ainda é de uma pessoa comum. Tudo o que acontece no nosso corpo impacta nosso psicológico. Um corte no dedo, um ganho ou perda de peso, enxaqueca... Imagina esse turbilhão de coisas que só você sente, vê e lida todos os dias. Fora todas as ameaças, emboscadas e a tensão que a gente vive constantemente, sem descanso, sem zona de escape, nada.

– O que cê tá querendo dizer?

– Que, às vezes, o normal é perder a noção das coisas.

– Essa é sua hipótese mais plausível? – perguntei incrédulo.

– É. Talvez essas ilusões vívidas sejam a forma como seu inconsciente, potencializado pelos seus poderes, esteja lidando com o estresse e o desgaste emocional. Mas, se tratando de você, tudo é plausível. Não descartaria nenhuma hipótese.

Respirei fundo e olhei para o teto. Nada do que acontecia comigo era psicológico. Ou era? Será que estava alucinando?

– Como foi com a Lígia? – perguntou Eder, amenizando o papo.

– Foi... Muito bom. Surreal. Ela é fantástica.

– Vocês conseguiram... Hã... Rolou?

– O quê?

– Sexo.

– Isso lá é da sua conta, Eder?

– Desculpa, mas juro que minha curiosidade é puramente científica. Você conseguiu se conectar de verdade? A troca existiu também para você?

– Sim, sim! Foi diferente, mas existiu.

– Hah! Taí a evidência! – disse Eder em tom de alívio.

– Evidência de quê?

– De que você ainda é uma pessoa comum e pode eventualmente viver uma vida comum.

– Eventualmente.

As hipóteses que Eder levantou, embora fizessem sentido, não me ajudavam a encontrar uma solução. Deixei que ele fosse trabalhar em paz e passei a manhã pensando em formas de confrontar o outro eu.

Um ponto importante: nos dois ataques, ele parecia sempre saber onde eu estava. Na hipótese absurda de ele ser uma versão minha de outro tempo e lugar, por que simplesmente não me surpreendeu em casa, ou nos vários momentos em que estava mais distraído ou vulnerável? E o que eram aquelas borboletas luminosas, o míssil? Como voltei para o carro depois de quase colidir com um prédio? Nada naquela história se encaixava, mas uma coisa era certeza: ele ia atacar de novo e eu tinha que me virar para estar pronto.

O vento suave passou da cozinha para a sala e fez tremular a cortina da sacada. Esse mísero segundo de distração fez emergir uma angústia que parecia encubada em algum canto secreto do meu peito. Era um pânico irracional pelo futuro. Sabe quando você sente sua vida capotar desgovernada na direção do abismo e não há poder, esforço ou ideia capaz de frear a queda? Podia ser mera ansiedade, já que tanta coisa acontecia ao mesmo tempo. Ou então era um daqueles presságios que a gente tem e ignora para preservar o mínimo de saúde mental.

Passei os dois dias seguintes enclausurado em casa, trabalhando em uma nova remessa de artigos e tentando não enlouquecer. Tive que me esforçar para pesquisar e escrever sobre assuntos aleatórios, como o impacto das criptomoedas na economia dos países em desenvolvimento, como a polarização política é sentida nas diferentes classes sociais, coisas assim. Foi difícil, mas me fez bem. Afinal, estava bastante preocupado com minha mãe e para lá de paranoico por causa dos confrontos. Apesar de enfadonho, lidar com temas do mundo real me ajuda a evitar entrar em ciclos de pensamentos repetitivos.

Outra coisa também me fez esquecer os problemas. A reunião com o tal Isaac.

***

Quarta-feira.

– Vira a cabeça pra direita – ordenou Eder, com os olhos fixos na tela do seu celular.

– Pronto. Tá vendo direitinho? – perguntei.

– Sim. Um pouco pixelado, mas tá rolando. Flutua e acende as mãos.

– Pra quê? – perguntei obedecendo.

– Quero ver se sua energia interfere na transmissão... Parece que não. Pode descer.

Tirei os visores e olhei para o relógio do meu celular. Eram quase seis e meia da tarde. A chuva que caiu durante o dia inteiro não mostrava sinais de que daria trégua. Trovões, vento forte. A cidade inteira parada. Parecia a noite perfeita para um acerto de contas às escuras com a organização responsável por fazer da minha vida um inferno.

Eder anotou alguma coisa em um bloquinho e o jogou sobre a mesa. Suspirou e, tentando disfarçar a expressão de cansaço e apreensão, disse:

— Haja o que houver, deixa essa câmera ligada.

— Tá.

— E tenta disfarçar quando me ouvir pelo fone. Lembra que estou vendo e ouvindo tudo o que você ver e ouvir a partir de agora.

—Ok.

O lampejo de um relâmpago interrompeu a conversa e fez Eder olhar para a sacada.

— Tem certeza do que está fazendo? – perguntou.

— Claro que não! Mas que escolha a gente tem? Não dá pra viver assim pra sempre. Você tem uma carreira pra cuidar, eu tenho um milhão de coisas para decidir. Preciso libertar a gente desses caras! Se negociar for a única saída, que seja...

— Isso tá com cheiro e jeitão de armadilha.

— Se for, eu salto da primeira janela que encontrar. Mas relaxa, vai ser uma conversa. O máximo que pode acontecer é as coisas ficarem como estão.

– E se encontraram uma forma de te matar?

– Eles já sabem como me matar, Ed. O que cê acha que aconteceu em Salvador? Só não morri, porque alguém não quis.

Eder se levantou, colocou a mão em meu ombro esquerdo e disse:

– Só não faz besteira, tá?

– Vou me esforçar.

– Já recebeu o endereço?

– Não. Será que esqueceram?

Mal terminei a pergunta e meu celular vibrou. Era um SMS de número bloqueado, com o endereço seguido de uma carinha feliz.

– Avenida Faria Lima, 332, décimo quinto andar – Eder leu em voz alta a mensagem.

– É uma avenida movimentada. Isso é bom.

– Aguenta aí...

Eder voltou-se para seu computador, digitou o endereço e vimos as imagens da fachada do prédio. Abriu em seguida algumas janelas no navegador e fez uma rápida pesquisa.

– É um prédio comercial. Foi inaugurado há dois meses só. Talvez tenha vários andares ainda vagos e... Uh, eles foram espertos – disse, como quem acabara de descobrir algo importante.

– Por quê?

– O décimo quinto andar é a cobertura. Olha isso.

As imagens de satélite do prédio mostravam uma cobertura ampla, com plantas e jardim.

– Consegue descobrir qual empresa ocupa a cobertura? – perguntei.

– Consigo, mas pode levar um tempo. É melhor você ir.

Abri a porta de vidro da sacada, vesti a máscara e ajustei os visores. Antes de decolar, meu celular vibrou e parei para ver. Era uma notificação de mensagem de minha irmã. "Me liga, urgente!" Congelei. Meu coração quis sair pela boca. Um maremoto de ansiedade tomou conta de mim naquele instante.

– Caliel! – exclamou Eder, apontando para a chuva que entrava na sala e molhava o chão.

A chamada de atenção me fez voltar à realidade. *Um problema de cada vez*, pensei. Saí, fechei a porta e decolei.

***

Sete minutos e trinta e dois segundos. Este foi o tempo que levei da minha casa até o local da reunião. Poderia ter chegado mais rápido, não fosse pela chuva intensa e o receio de ser emboscado por meu outro eu.

Mantive-me flutuando a uns quinze metros do jardim, na área externa da cobertura, por vários minutos. Havia acabado de fazer uma minuciosa varredura em todo o prédio e nos quarteirões próximos em busca de qualquer sinal suspeito, como pequenas aglomerações de veículos ou pessoas, dispositivos que eu não conhecia, qualquer incongruência. Mas tudo parecia normal. Captei três auras dentro da cobertura, uma do lado da outra. Isaac estava acompanhado e não parecia querer esconder isso.

Enquanto decidia se pousava ou esperava ali mesmo na chuva, uma das auras caminhou para fora. A porta de vidro se abriu e dela saiu uma senhora de cabelos loiros, aparentando seus sessenta anos, que parou e olhou para cima. Levantou uma das mãos para proteger o rosto da chuva e, com a outra, acenou para mim.

Não tinha a menor ideia de como ela sabia que eu estava lá.

Desci devagar e pousei na grama impecavelmente aparada. Era um jardim bonito, bem desenhado, com vasos ornamentais, pontos de luz indireta e flores. Bonito, mas impessoal. Caminhei na direção daquela senhora que, com as mãos à vista, sorriu e deu um passo para trás, saindo da área descoberta. Praticamente escaneei a mulher de cima a baixo. Olhos um tanto pesados e extremamente claros, embora não desse para saber se eram azuis ou verdes por causa das lentes dos visores que estavam ensopadas. Havia uma cicatriz do lado direito do pescoço. Vestia terno preto e camisa verde.

Parei a uns quatro metros dela e disse:

– Marquei uma reunião com Isaac.

– Eu sei! – respondeu educadamente. – Mas ele não pôde comparecer. Se puder entrar, explico melhor...

– Não. Vim falar com ele, não com uma assistente.

A aparentemente doce senhora diminuiu o sorriso, cerrou os olhos e disse em tom mais grave e seguro:

— Isaac trabalha para mim, Caliel.

— Oh. Acho que sei quem ela é — exclamou Eder através dos fones de ouvido.

Caminhou na minha direção, ignorando completamente a chuva e estendeu uma das mãos, na minha direção.

— Me chamo Regina Albuquerque. Acredite quando digo que eu sou a pessoa com quem você quer falar.

— Aí, ó...! — exclamou Eder.

Claro. O primeiro nome da lista. A dona da coisa toda.

Hesitei antes de retribuir o cumprimento, porém o fiz. Como o objetivo era um acordo, tentaria ser o mais educado e diplomático possível. Regina tinha um aperto de mão firme e olhar penetrante. Mesmo com máscara e visores, parecia que ela encarava minha alma.

— Tudo bem se entrarmos um pouco? — perguntou educadamente. — A chuva pode não ser um problema para você, mas, como pode ver, já tenho idade.

— Há, claro.

Entramos. Passei pela porta de vidro e me deparei com uma enorme e luxuosa sala de mais ou menos oitenta metros quadrados. Baita lugar estranho, cheio de espaços vazios. Tinha dois lustres de cristais no teto e uma gigantesca mesa no centro, repleta de monitores, papéis e o que parecia ser pequenas caixas de som redondas. Na parede oposta à porta de vidro, havia outra que dava acesso a um hall com elevadores. Os dois sofás amarelos nas extremidades e o tapete azul absurdamente detalhado no centro – que deveria valer o preço de duas casas – contrastava com o piso vermelho. Tudo enorme, caro, apesar de ser meio de mau gosto e fora de contexto. Não parecia um ambiente planejado.

Dois homens de terno estavam de prontidão ao lado da mesa. Um, de gravata borboleta, segurava uma bandeja com dois copos com água. O outro, bem maior e ameaçador, reconheci de cara. Era o capanga que enfrentei em Salvador. A cicatriz era inconfundível. Usava uma tala no ombro que ajudei a quebrar. Do lado do braço bom, um coldre com uma arma cromada.

Aquilo tinha forma, cheiro e sabor de emboscada. Mas eu estava esperto.

– Aceita uma água? – perguntou Regina.

– Não, obrigado.

– Manuel, por gentileza, pegue uma cadeira para nosso convidado – disse, sentando-se.

O garçom colocou um copo de água sobre a mesa e saiu. Já o capanga não tirava os olhos de mim. Nem eu dele. Regina notou.

– Raoni, pelo amor de Deus! Deixa o menino em paz. Vai dar uma volta.

– Dar uma volta, senhora? – perguntou o homem.

– Sim. Nos dê cinco minutos do prazer de sua ausência, por favor.

– Tem certeza?

– Nosso convidado nos deu um voto de confiança vindo até aqui. Acho que podemos agir com alguma reciprocidade. Cinco minutos, Raoni – insistiu, apontando para o hall.

O capanga obedeceu e caminhou para fora da sala. Regina tirou um frasco de remédio e o colocou sobre a mesa.

– Como prefere ser chamado? Cidadão Incomum, Caliel, Gabriel...?

– Me chama pelo meu nome. Vocês já sabem tudo sobre mim mesmo – respondi ironizando.

– Não tudo. Por isso estamos aqui.

– Só quero viver minha vida sossegado, Regina.

– Não é verdade.

– Perdão?

– Vamos ser francos, querido. Ninguém que se preste a fazer o que você faz quer uma vida sossegada. Eu sei o que você quer.

– Ah, sabe?

– Cuidado, cara... – alertou Eder.

– Significado, propósito, relevância... Você tem esses dons maravilhosos e quer dar sentido a eles. E o bom sentido é sempre ajudar o próximo, não é verdade? Então, se eu pudesse apostar, diria que o que realmente quer é uma vida na qual você possa usar todo seu potencial em prol de algo maior. Estou errada?

– Mano, ela é boa... – sussurrou Eder.

– Não. Não está.

– Minha intuição não mente – disse ela sorrindo. – É um alívio saber que a pessoa por trás da máscara não é um egocêntrico irresponsável como me disseram.

– Quem te disse?

– Meus especialistas. Os que você conheceu na casa de nosso associado, Silvio Santana, que, aproveitando o gancho, jamais deveria ter entrado em contato contigo daquela maneira. Quero deixar claro que não autorizei aquela ação desastrada.

– Hmm. Sei.

Manuel entrou na sala empurrando uma cadeira de escritório e a posicionou atrás de mim. Sentei e esperamos que ele saísse do recinto para retomarmos a conversa.

– Como podemos recomeçar nossa relação, Caliel? – perguntou Regina, com doçura.

– Começa me explicando, sem rodeios, quem são vocês.

– Justo. Justíssimo.

Regina se levantou, virou um dos monitores desligados na minha direção e sentou-se na beirada da mesa.

– Conhece meu trabalho? Já ouviu falar de mim? – perguntou.

– Sim. Você é dona de várias empresas.

– Hahaha! Isso! Sou viciada em comprar e alavancar negócios. Mas esse não é meu trabalho de verdade...

– Qual é?

– Conecto os problemas às pessoas que podem resolvê-los. Esse é meu superpoder e meu propósito de vida. Minhas empresas, além de gerarem dezenas de milhares de empregos, criam soluções inovadoras nos setores da saúde, segurança e comunicação. Não é exagero afirmar que é graças ao nosso trabalho que o Brasil se mantém minimamente competitivo para atrair investidores estrangeiros, apesar do caos sem fim de nossos governos. E o mais importante: 9% do lucro bruto de todas as minhas empresas vai para a criação e manutenção de nossas ONGs parceiras, que prestam serviços úteis às comunidades carentes. Em suma, todo o meu trabalho serve para mostrar que o mercado pode, deve e vai andar de mãos dadas com a responsabilidade social.

– Não sei o que a senhora está querendo me vender, Dona Regina, mas, uau... Que texto bonito! Só que não explica as emboscadas, os ataques, as pressões, ameaças e perseguições que eu venho sofrendo por parte de vocês.

Pausa. Regina franziu a testa e suspirou antes de falar, demonstrando – ou simulando – profundo pesar.

– Não... Não explica. E a culpa é toda minha. Confiei às pessoas erradas a tarefa de lidar com você. Quis dar mais... independência à força-tarefa e o resultado infelizmente foi esse. Peço perdão.

– Força-tarefa... Se aprofunda nisso – disse Eder.

– Tá querendo me convencer de que os caras que quase me mataram agiram sem a sua autorização? – perguntei.

– Hm. Não exatamente. Quando ficou claro que não conseguiríamos persuadi-lo a vir para o nosso lado, pedi, sim, que fosse incapacitado. Mas reconheço que houve exageros.

– Exagero é uma palavra branda.

– Não me furto da culpa, porém você está vivo, bem e disposto a negociar. É o que importa agora.

– A senhora usou o termo "força-tarefa".

– Sim. Existe uma força-tarefa criada para lidar com pessoas e situações excepcionais.

– Me explica melhor.

Regina suspirou e olhou rapidamente para o relógio de pulso antes de responder.

– O extraordinário está em todo lugar, Caliel. Acontece o tempo todo. Uma luz estranha ali, um milagre acolá. Eventos inexplicáveis moldam nossa cultura há muito tempo. A sociedade que conhecemos se ergueu graças às pessoas que, de uma maneira ou de outra, fizeram o impossível. Como enxergar o futuro, andar sobre a água ou voar, por exemplo. Só que existe um problema. Se a história certa não for contada, o tecido social se rompe e daí... caos.

– Quem disse?

– Como?

– Quem disse que o tecido social se rompe? O povo tem, sim, discernimento para lidar com os fatos, por mais bizarros que sejam.

– Uma pessoa tem discernimento. Duas, quem sabe. Talvez até uma pequena comunidade. Mas, em um país no qual um terço não sabe a diferença entre fatos históricos e o antigo testamento, qualquer coisa que fuja do comum é motivo de desordem. Basta que uma mancha de óleo se pareça com uma santa e pronto. Alguém morre, alguém se fere.

— E o que a sua força-tarefa tem a ver com isso?

— Como as instituições religiosas do passado, nossa função é estudar o extraordinário em sua origem e proteger a ordem social. Impedir que vocês promovam o caos.

— Como vocês "protegem a ordem social"?

— Controlando a percepção dos fatos.

— Ou seja, disseminando *fake news*.

— A quem interessa a verdade, Caliel? O que acha que aconteceria se você decidisse aparecer voando na frente de milhares de pessoas, em pleno horário de pico?

— Sei lá. Tudo. Uma revolução!

— Histeria, convulsão social, esquecimento. Nessa ordem. Você não tem ideia da quantidade de fatos que a sociedade escolhe rejeitar, só para conservar seus dogmas e costumes. Quer um exemplo?

— Por favor.

Regina inclinou-se, abriu uma das gavetas da mesa, retirou um telefone celular e o jogou para mim. Ele era diferente de todos que eu já havia visto. Aspecto grosseiro, todo quadradão e metalizado, com a tela frontal riscada. Horrível.

— Acabamos de adquirir esse protótipo de smartphone. Como pode ver, não é o modelo mais atraente que existe. Mas ele tem uma particularidade. Ligue-o.

Apertei um botão na lateral do aparelho.

– Cuidado, cara... – disse Eder.

A tela piscou uma luz verde e o ícone de chamada surgiu.

– Agora, me faça um favor. Digite qualquer sequência numérica e tente fazer uma ligação.

– Isso aqui não vai me explodir, vai?

Regina pendeu a cabeça para o lado e forçou um sorriso, como quem tenta ser paciente com uma criança. Digitei quatro zeros e apertei o ícone de realizar chamadas.

– Acione o viva-voz – ela pediu.

Nada aconteceu por uns dez segundos, até que um som devastador quase me fez pular da cadeira. Era uma mistura aterrorizante de estática com gritos, lamúrias, xingamentos e sussurros distorcidos. Por alguma razão, ouvir aquilo me gerou angústia e desalento quase que instantaneamente.

– O-o que é isso? – perguntei encerrando a chamada.

– Vozes de espíritos que estão agora nesta sala. Acredite se quiser.

– É o *quê*? – gritou Eder.

Cara, fiquei absolutamente chocado.

– Como assim? – perguntei.

– É o que eu disse. Este aparelho capta as vozes de pessoas que já morreram e que estão em outra... condição de existência, por assim dizer.

– Como?

– Segredo.

– Vocês criaram isso?

– Oh, não. Nós, não. Rubens. Um rapaz brilhante, dono de uma rebeldia tão irritante quanto a sua, embora fosse mais ambicioso. Meu ponto aqui, querido, é: esse aparelho, essa invenção revolucionária, capaz de modificar tudo que conhecemos sobre Deus e a vida, foi instrumento de morte, dor, traumas e tristeza. Dezenas de pessoas morreram antes dessa belezinha vir parar nas minhas mãos.

– Por que nunca ouvi falar disso?

– Porque fizemos nosso trabalho. Encerramos os conflitos, limpamos a sujeira e jogamos uma enorme cortina de fumaça sobre isso. Hoje, estamos trabalhando para dominar e replicar essa tecnologia. Tente imaginar os benefícios de estabelecer contato permanente entre mundos e dimensões diferentes. Isso nas suas mãos é simplesmente a chave para o amadurecimento da nossa compreensão sobre a existência. Mas o processo de maturação é lento e tem que ser assim. Não podemos simplesmente etiquetar um preço, jogar o aparelho nas lojas e torcer para que tudo corra bem. Seria irresponsável.

– Tenho dúvidas quanto a isso.

– A natureza humana é assim, Caliel. Busca o extraordinário e, quando o encontra, revela seu lado mais primitivo. Mas, como você, sou uma otimista incorrigível. Acredito que é só uma questão de tempo, método e oportunidade para o despertar.

O elevador emitiu um som. Era Raoni voltando para a sala, desta vez com uma expressão menos ameaçadora. Regina veio até mim, pegou o aparelho e disse enquanto o guardava na gaveta:

– Você é este celular, Caliel. Um milagre ambulante que, se bem doutrinado, pode mudar o mundo. Mas, se deixarmos solto por aí, mais pessoas vão morrer. Entende minha posição?

– Mais pessoas... Se está falando de João de Pádua, eu...

– O homem, pai de família, que você praticamente desintegrou ao perder o controle do próprio corpo e cair sobre ele como um cometa? Estou falando dele, sim. Dele, de Zika, Joaquina...

– Joaquina? Quem é Joaquina?

– Ai, caramba... – disse Eder.

O segurança se posicionou ao lado de Regina, que estranhou minha pergunta.

– Não sabe sobre esse caso?

– Não. Quer dizer, ouvi alguma coisa, mas não me...

– Joaquina. A menina que se jogou de um prédio, semanas atrás.

– O que tenho a ver com um suicídio?

– Fica calmo, mano... – sussurrou Eder.

– Você realmente não sabe? – perguntou Regina.

– Não – respondi, sentindo minha espinha gelar.

– Não foi suicídio.

– Alguém a jogou? Eu joguei? – perguntei, pensando no meu sósia perverso.

– Não, querido. Joaquina era fã do Cidadão Incomum. Sua fã. Escrevia ficções inspiradas em seus feitos. Eventualmente, alimentou a fantasia de que podia aprender a voar e...

Meu Deus.

– ... a tragédia se deu.

Minhas pernas amoleceram. Tontura. Formigamento sem controle. Parei de respirar.

– Sinto muito te contar assim. Achei que soubesse e tivesse vindo por causa disso.

– Como...?

– Como o que, querido?

– Como você sabe que ela era minha fã...?

Regina pegou um tablet de cima da mesa, digitou e me mostrou uma matéria com a foto de Joaquina em destaque, posando em um evento de *cosplay*. Ela vestia um traje parecido com o meu. O título: "Inspirada em lenda urbana, Joaquina acreditava que podia voar."

– Devastador, eu sei. Era isso que eu queria evitar desde o começo, Caliel. O mundo ainda não está pronto para você. Mas eu estou.

Ali sentado, olhando para a foto daquela criança, senti uma raiva quase incontrolável. Minhas mãos faiscaram. Regina percebeu e pegou uma das caixinhas de som esféricas.

– Caliel, me escuta. Sei que está doendo, só não demonstra fraqueza. Fica firme e foca no plano – disse Eder pausadamente.

Ele tinha razão. Respirei fundo e afastei todos os sentimentos. Iluminei uma das mãos e a levantei até a altura do meu rosto. Raoni colocou a mão no coldre.

– O que você sabe sobre isto? – perguntei.

– Boa – comemorou Eder.

Como quem procura tempo para pensar, Regina colocou lentamente a pequena esfera no centro da mesa e me olhou com sutil desconfiança.

– Não acha que já teve informação demais? – perguntou.

– Não acho.

– Muito bem. É direito seu. Vou te dar a versão resumida. Curta e grossa. Dependendo dos desdobramentos desta conversa, você terá ou não livre acesso a tudo o que sabemos. De acordo?

– De acordo.

– Sua biologia é resultado de uma série de intervenções extraterrenas.

– SABIA! – gritou Eder.

Fiquei quieto.

– Em 1977 – continuou Regina –, registramos uma série de eventos perturbadores. Habitantes de cidades pequenas do Norte do país, todas mulheres, foram atacadas por objetos luminosos que pareciam "sugar" o sangue através de feixes de luz. O exército interveio, mas nunca conseguiu frear o avanço dos casos. Por causa do delicado cenário político da época, as Forças Armadas, que governavam o Brasil, delegaram à iniciativa privada a responsabilidade de observar e acobertar os casos. Foi quando criei a força-tarefa. Mas os eventos pararam subitamente e, por falta de materialidade e de novos eventos, arquivamos tudo e deixamos a vida seguir. Grande erro. Essas mulheres tiveram filhos e netos. Eventualmente, esses filhos e netos desenvolveram habilidades incomuns. Foi o início de uma explosão de casos paranormais que praticamente dominou os noticiários e o imaginário coletivo das décadas de oitenta e noventa. Médiuns, pessoas que moviam objetos com a mente... Por exemplo, o Caso Varginha. Aquilo que mostram não era um extraterrestre, mas um rapaz como você que, bem... foi caçado e morto pela população, que o confundiu com um demônio, curupira, algo assim. Nós e o exército tentamos resgatá-lo, porém já era tarde.

– Como sabem que extraterrestres são os responsáveis por isso tudo? Viram, olharam, conversaram com eles? – perguntei.

– Alguns anos depois nos deparamos com eles. Os vimos, só não conseguimos estabelecer contato. Ou seja, não sabemos o que querem ou por que deram poderes às pessoas.

– Desculpa. Vou perguntar de novo: Vocês viram os alienígenas? Cara a cara?

– Olho no olho.

– Meu Deus! Como eles são? Cês têm fotos?

– Temos tudo. Mas é material de segurança nacional. Sigiloso.

– Tá. E onde estão as outras pessoas como eu?

– Algumas trabalhando conosco, outras vivendo suas vidas. Damos a elas recursos para se dedicarem ao autoconhecimento e ao controle dos dons. A única contrapartida que pedimos é que nos deixem monitorá-las.

– Autoconhecimento?

– Ora, sim. Temos telepatas que provam que somos criaturas conectadas e que a mente exerce, sim, influência sobre a matéria. Temos pessoas que, só por existirem, revolucionam nossa compreensão sobre tempo, espaço, vida e morte. Isso, sem autoconhecimento, é como dar armas a crianças. É genocídio.

– Ela está me convencendo – disse Eder baixinho.

– A maioria desenvolveu habilidades bem menos ostensivas que as suas, meu querido. Por isso, as perguntas que nos inquietam hoje são: você é um caso isolado ou sintoma de uma segunda e mais potente onda de pessoas editadas? Será que você é o caminho para entender o que nossos "irmãos mais velhos" planejam a favor ou contra nós?

Silêncio. Eu estava sem palavras.

– Entende nossa preocupação e responsabilidade? – perguntou.

– Acho que sim. Só tenho uma dúvida.

– Qual?

– O que vocês sabem sobre meus poderes?

Regina pensou um pouco e dirigiu-se ao computador. Raoni juntou as sobrancelhas.

– Pelo que consta aqui... – disse Regina. – Você é capaz de acessar e manipular seu próprio campo eletromagnético e o de objetos próximos, o que lhe confere as capacidades de voar, levitar coisas, de emitir ou absorver descargas elétricas, projeção de campo de força...

– Sei. O que mais? – perguntei.

— Foi o que pudemos catalogar até agora. Por que a pergunta?

Relaxei os ombros e me acomodei na cadeira. Senti os braços mais pesados que o normal, não dei bola. Podia ser toda a tensão do momento. Afinal, eu estava prestes a recuperar o protagonismo da conversa.

— Tenho um outro poder bem menos legal, mas muito útil.

— Mesmo? Qual é?

— Vejo as cores das pessoas. É um pouco difícil de explicar, basicamente consigo ver o que cada um aqui genuinamente sente.

Regina afastou o tronco.

— Com o tempo — continuei —, aprendi a filtrar, interpretar e a estabelecer padrões. Apesar da utilidade, é uma habilidade que me gera bastante decepção.

— Por quê? — perguntou, talvez já imaginando onde eu chegaria.

— Porque agora sei quando estão mentindo para mim.

A simpática e astuta senhora rapidamente se transformou em uma figura sombria e inexpressiva. Continuei:

— Nossa conversa foi recheada de mentiras e meias verdades, dona Regina. Do começo ao fim. Suas intenções estão literalmente estampadas no seu rosto. Como espera que eu confie na senhora?

Sem qualquer sinal de medo, Regina abriu uma das gavetas, retirou uma pistola e apontou bem para o centro da minha cabeça. Eder soltou um grito abafado, mas se manteve quieto.

– Desse jeito – disse ela.

O segurança, como se soubesse instintivamente o que fazer, caminhou tranquilamente para trás de mim e parou. Por alguma razão, não reagi. Minha cabeça estava um pouco atrapalhada. Ainda dava para ouvi-lo respirar sobre a minha cabeça.

– Desculpa, mas não estou impressionado. Posso arrebentar o outro braço do grandalhão aqui antes que a senhora consiga apertar o gatilho.

– Por que não tenta?

Ok, pensei. *Ela quer uma demonstração de força.*

Fechei os punhos, concentrei toda a minha força de vontade e... nada? Forcei de novo, de novo, e nem uma faísca. Olhei rapidamente ao redor e notei que as cores de tudo a minha volta estavam menos vívidas. Não sentia nem via luz alguma através das paredes ou saindo de Regina. Braços e pernas enfraquecidos, pesados. Era cansaço? O que estava acontecendo?

– Não consegue, né? – perguntou sem tirar a arma da minha frente.

– N-não. Como?

– Você naturalmente sabe que cérebros emitem ondas. Pois descobrimos que o seu transmite uma frequência bastante específica e fora do comum. Quando essa frequência é replicada – disse apontando para as caixas de som esféricas –, seu cérebro se confunde e retorna temporariamente à vibração original. Você deve sentir náusea, confusão, tontura... Mas está tudo sob controle.

Entrei em pânico. Tentei me levantar, mas o segurança lançou sua mão pesada sobre meu ombro. Regina, parecendo amar aquele momento, continuou:

– O último encontro entre você e minha equipe de segurança em Salvador foi... traumático, para dizer o mínimo. Gastei muito dinheiro para apagar tudo o que aconteceu naquele hotel. Raoni, querido, o que eu lhe disse quando o senhor alegou ser impossível capturar nosso convidado?

– Que ele é só um moleque. Sozinho.

– Exatamente. E o que fazemos com moleques?

Imediatamente, o brutamonte me levantou pela nuca como se meu corpo fosse feito de isopor. Me virei, tentando surpreendê-lo com um soco no seu queixo, mas não cheguei nem perto de acertar. Mesmo assim, ele revidou com um golpe no estômago tão potente que perdi totalmente o ar e me curvei na hora. Quase vomitei dentro da máscara. Não satisfeito, levantou meu queixo com o cotovelo do braço quebrado e se preparou para mais um golpe, que foi interrompido por Regina.

– Já chega.

– Sim, senhora – disse o segurança, forçando-me a sentar de novo na cadeira.

Burro, Caliel! Você é muito burro, convencido, arrogante! Era o que eu repetia para mim mesmo.

– Pode ir agora, Raoni. É tudo por hoje – ordenou.

O segurança me deu dois tapas nas costas e nos deixou. Inabalável, Regina levantou-se, contornou a mesa, colou a arma na minha mão e disse:

– Desculpe o teatro e todo esse desconforto. Você veio a esta reunião de peito aberto e eu prometi que agiria com reciprocidade, mas precisava nivelar nossas perspectivas. Agora você sabe com quem está lidando.

– O que fez comigo?

– Nada. Seus poderes voltarão assim que colocar os pés fora desta sala. Mas preste atenção: sempre que estiver na minha presença, seremos dois cidadãos comuns. Aqui é de igual para igual, entendeu?

Eder estava inquieto do outro lado da linha.

– Não gosto dessa violência, Caliel – continuou Regina em tom mais amigável. – Não é para isso que você existe. Enquanto brinca de super-herói, quem trabalha para impedir que haja outras Joaquinas sou eu. Tudo o que você viu e experimentou hoje é só uma fração do universo que existe à sua volta. Saia do pedestal. Vamos trabalhar juntos.

Regina pegou o copo d'água e me ofereceu. Dava para ouvir a respiração quase ofegante de Eder, que não parava de digitar. A boca do meu estômago ardia e a raiva que eu tinha afastado voltou com tudo. Raiva não só pelo que aconteceu à Joaquina, mas por todos os sinais que a vida me mostrava e eu ignorava.

Vestir uma roupa legal, usar meus poderes para proteger as pessoas, atrair mais gente como eu e mudar para sempre a realidade. Esse era o plano; deixar uma marca no mundo. Quem se contentaria com menos se descobrisse que pode voar? Porém, diante de tudo que Regina me apresentou naquela noite, senti que era hora de olhar para as coisas como elas eram, não como gostaria que fossem. Era hora de amadurecer. De assumir uma posição por mim, não pelos outros.

Coloquei a arma sobre a mesa, tirei a máscara, me levantei e aceitei a água.

– Digamos que eu tope entrar para o clubinho de vocês. O que vai acontecer comigo? – perguntei.

– Quê? Cê tá bem louco?! – gritou Eder.

Tirei os fones. Regina sorriu.

– Testes. Muitos testes. Alguns desconfortáveis, outros nem tanto. Não vou mentir, querido. Estamos desesperados para compreender sua biologia.

– E como vai ser minha vida?

– Melhor. Repaginada. Talvez se ausente do convívio familiar por algum tempo, mas vai receber uma bela compensação financeira e todos os álibis que o dinheiro puder comprar. Podemos forjar uma carreira nova, dar melhores condições de vida para sua mãe...

– E o Eder? – perguntei.

– O que tem?

– Ele se sacrificou muito. Merece uma vida melhor.

– Posso conseguir isso, desde que o deixe de fora a partir de agora.

Senti a textura da máscara na minha mão. A apertei e disse:

– Certo. Temos um acordo. O Cidadão Incomum morreu.

Regina me olhou com uma expressão de profunda satisfação. Estendeu e apertou minha mão com firmeza.

– O mundo agradece. E, olhe... por mais duras que sejam as decisões que tomaremos juntos a partir de agora, te asseguro que será em prol de um bem maior. Sua vida terá significado, Caliel. Te dou minha palavra.

Se me senti fazendo um pacto com o diabo? Sem dúvida. Mas era a melhor decisão possível.

– E o que acontece agora?

– Vamos preparar a papelada e semana que vem meus associados entrarão em contato. Não se preocupe com nada. Tente só... não chamar a atenção até lá.

Regina olhou para o relógio e falou, enquanto me conduzia de volta ao jardim da cobertura:

– Desculpa, querido, estou atrasada para um compromisso inadiável e você tem muita informação para assimilar. Espero que nossa reunião não tenha colocado grandes caraminholas na sua cabeça. Mas, se sim, pense em coisas boas, está bem?

– Tá. Só uma, hã, pergunta.

– Sim.

– Alguma das pessoas como eu que a senhora conhece tem o poder de mudar de forma?

Regina parou, juntou as sobrancelhas em uma expressão de pura estranheza e disse:

— Não. Que eu saiba, não.

— Viajar entre realidades paralelas?

— Por quê? Você conhece?!

— Ah, não. Claro que não. Outra pergunta: existem casos de pessoas com poderes que perderam a noção da realidade em algum momento?

— Não há tantos de vocês para estabelecermos números, mas a maioria experimenta episódios esporádicos de alucinações... tem alguma coisa urgente que eu precise saber?

— N-não... Não — disse tentando disfarçar.

A porta de vidro se abriu e o vento forte me surpreendeu. A chuva tinha ganhado força. Senti meu vigor e sentidos aumentarem em um instante. Olhei para minha mão e a fiz faiscar. Meus poderes estavam voltando. Vesti a máscara e caminhei para fora da área coberta. Regina me segurou pelo braço e perguntou:

— Qual é a sensação?

— De quê?

— De descobrir de novo que o mundo é maior que você imaginava?

Não sabia o que responder. Minha mente estava em outro lugar. Improvisei.

— É... Surreal.

— Imagino, imagino... Um grande amigo meu, quando confrontado com as maravilhas ocultas deste mundo, disse uma frase que nunca esqueci: há tanta realidade na ficção e tanta ficção na realidade, que nem o mais literato é capaz de sondar onde começa um e termina o outro.

– Os pais da menina que se jogou... Você, digo, a gente pode fazer alguma coisa?

Regina soltou meu braço e olhou para baixo antes de responder.

– Não. Quanto menos nos envolvermos, melhor.

– Mas deve...

– Caliel! – interrompeu com firmeza – Não nos responsabilizamos pelos atos extremos ou mal-informados das pessoas! Compreendo o sentimento de culpa. O que aconteceu foi uma tragédia. Mas, se quiser seguir adiante, se quiser ser quem você é, precisa entender que coisas assim acontecem!

– É... Acho que a senhora está certa.

Regina me puxou para si e me abraçou. Pense em um abraço estranho.

– Mas, olha... Estou aberta a ideias. Se quiser realizar alguma ação beneficente, talvez falar sobre saúde mental, podemos fazer isso acontecer, está bem? Mas fique tranquilo. Vai ficar tudo bem, eu prometo. Agora que é parte da Organon, o universo inteiro se abrirá para você.

– Organon?

– É o nome que damos ao nosso clubinho.

Apertamos mais uma vez as mãos e, já me sentindo forte o bastante, decolei.

Qualquer pessoa no meu lugar estaria em choque com tanta informação. Alienígenas, espíritos, bloqueadores de poder... Mas, por incrível que pareça, eu não pensava em nada disso.

Quatro minutos depois, pousei na sacada e Eder, que assistia à TV, levantou-se e veio até mim, com o dedo em riste. Nem esperou que eu saísse da chuva.

— Qualé a tua, Caliel?! – gritou ele.

— Escuta aqui...

— Escuta você, seu egoísta! Tem noção do quanto me sacrifico todo dia para manter a gente nessa caminhada? Tem alguma ideia de quanto dinheiro, tempo e saúde eu invisto nisso? Até facada já levei! E pra quê? Pra você me pôr de lado e tomar decisões sozinho na hora mais importante?! Cê tá bem louco, cara? Pirou de vez?

Eder estava furioso. Só que eu também estava.

— Você sabia do caso da menina que se jogou da janela e não me contou – afirmei.

Ele silenciou e deu meio passo para trás. Continuei:

— "Ai, caramba". Foi o que saiu da sua boca quando Regina mencionou o assunto. Por que escondeu isso de mim? – perguntei tirando a máscara.

— Ah, tá! Você não se informa e a culpa é minha?

— Para de meter o louco!

— Não te escondi nada! O assunto tá em todo o lugar. O problema é que o todo-poderoso aí só percebe e escuta o que quer! Se houvesse em você qualquer interesse com o mundo à sua volta, não seria surpreendido por uma coisa que aconteceu quase um mês atrás!

— Não! Você sabia que isso ia mexer comigo e tentou se poupar!

— Me poupar? Vai se ferrar, Caliel! Não sou sua babá! E quer saber? Dane-se!

Caminhou até o centro da sala, pegou o molho de chaves que estava sobre a mesa e disse, praticamente aos berros:

— Pra mim, já deu! Não me atolei até o pescoço nessa joça pra te ouvir falar como se eu fosse seu empregado! Nossa parceria acaba aqui, entendeu?

Não esperava aquela reação.

— Peraí, Eder...

— Fui claro?!

— Para de dar chilique, mano! Vai fazer o quê? Ir embora?

— Não! Você vai! Hoje! Aproveita que o Cidadão Incomum morreu, pega suas coisas e se manda daqui!

— Essa casa é minha também!

— Jura? Qual foi a última conta que você pagou?

Ai.

— Tá pegando pesado, Ed. Onde eu vou ficar? – perguntei.

— Sei lá! Escolhe uma nuvem pra morar! Cansei. Não quero te ver aqui quando eu voltar!

E saiu batendo a porta. Fiquei ali parado por alguns minutos, meio que tentando entender como tudo escalonou tão rápido. Ok, hoje sei que exagerei. Afinal, Eder

155

segurava uma onda imensa, provavelmente maior que a minha, e com a desvantagem de não ter poderes. Mas, naquele momento, me sentia como a pessoa mais injustiçada do planeta. Me sentia traído de alguma forma.

O apartamento pequeno de dois quartos, sala e cozinha, de repente ficou imenso. O lampejo de um relâmpago invadiu o ambiente. Sentei no sofá, cobri minha boca com as mãos e tentei controlar a respiração até que me acalmasse.

Senti o celular vibrar dentro do bolso da calça. Era uma mensagem de áudio de minha irmã. Abri o aplicativo e levei um susto com a quantidade de vezes que ela tentou me ligar e eu não notei.

– Caliel, pelo amor de Deus! – dizia a mensagem. – Estou aqui no Hospital das Clínicas! A mamãe desmaiou e ela não tá bem! Por favor, vem pra cá! Não me deixa aqui sozinha!

Minha mãe? Como assim?

Retornei à mensagem dizendo que chegaria em vinte minutos. Vesti rapidamente a máscara encharcada, ajeitei as luvas já pensando onde e como eu iria pousar sem chamar a atenção, mas acabei olhando de relance para a TV e vi o plantão do jornal que mostrava imagens aéreas de um aglomerado de pessoas em volta de escombros. Era uma cobertura ao vivo do que parecia ser um resgate dramático. Aumentei o volume.

– Para quem está nos acompanhando agora... – disse a repórter. – Um deslizamento de terra atingiu cerca de sete casas aqui na comunidade de Heliópolis, devido à forte chuva que não para de cair na região desde ontem. A defesa civil já isolou a área, pois o risco de um novo deslizamento de terra é grande. Ainda assim, muitos moradores estão auxiliando os bombeiros na busca por sobreviventes. O que torna a situação ainda mais complexa e desesperadora é que alguns vizinhos alegam estar recebendo mensagens de pessoas presas nos escombros. Os bombeiros precisam agir rápido, entretanto a chuva não dá trégua e o acesso até este ponto da comunidade também é bastante complicado...

Óbvio que justo no momento em que minha família mais precisava de mim, uma emergência dessa grandeza tinha que aparecer na minha frente. Meu primeiro impulso foi o de ignorar a TV e voar o mais rápido possível para o hospital, mas hesitei. Meus sentidos se atrapalharam de repente. O som da tempestade lá fora ganhou cheiro de café e gosto estranho de cebola. Tudo o que me aconteceu nos últimos minutos, dias e semanas veio à tona em um mosaico de imagens. Senti um medo devastador de sair por aquela sacada. *Medo de quê?*, me perguntei.

Pode me chamar de louco, porém intuí que aquele surto de percepções era meu inconsciente tentando chamar minha atenção para a importância da escolha que eu estava prestes a fazer. Olhei de novo para a TV e entendi o recado.

Não ir ao hospital e deixar minha família na mão era errado. Mas poder ajudar aquela gente e não o fazer era desumano.

PENSE EM CONSTRUIR COISAS

FLUTUAVA A UNS TRINTA METROS ACIMA DE UM HELICÓPTERO. A tragédia era bem maior do que parecia na TV. O terreno, que era parte de um morro não muito grande, cedeu e soterrou tudo por vários metros. Era difícil imaginar alguém sobrevivendo àquilo, mas havia pontos brandos de luz entre os escombros. Tinha gente viva lá.

Ok. Como salvar aquela gente? Os problemas eram:

a) A chuva que só aumentava. A impressão era de que a terra podia voltar a ceder a qualquer momento. Eu tinha que ser rápido.

b) O excesso de pessoas em volta dos escombros. Moradores, bombeiros e jornalistas. Como realizar o salvamento sem aparecer na frente das câmeras?

c) A forma mais lógica de tirar as pessoas de lá era

movendo as toneladas de terra e concreto à distância, com a levitação. Só que tínhamos dois problemas: peso e equilíbrio. Nunca tinha levitado nada maior que uma ou duas pessoas. Quando muito, sustentava no ar as caixas durante as várias mudanças que Eder e eu fizemos. E, sim, quanto maior a quantidade de matéria que eu levitava, mais energia eu tinha que gerar. Quanto mais energia gerada, mais dor. Aquilo era demais para mim. Mesmo se pudesse erguer metade dos escombros, ainda haveria o problema do equilíbrio. Qualquer movimento em falso, uma parede, viga ou pedaço de pedra podia cair e esmagar quem estivesse lá.

Sobrevoei a região na velocidade máxima e fiz o tempo fluir mais devagar, o que me permitiu observar melhor os detalhes de todo o cenário. Havia dois geradores de energia ao lado dos caminhões de bombeiros, que alimentavam os holofotes direcionados aos escombros. Eram as únicas fontes de luz potente. Enquanto a maioria se dividia entre retirar pedregulhos menores, escavar e abrir espaço para as máquinas, dois bombeiros caminhavam lentamente sobre as casas desmoronadas, sempre com um dos ouvidos apontados para o chão. Eles não sabiam, mas estavam cerca de sete metros acima dos sobreviventes, contei quatro, que, graças a Deus, estavam protegidos por uma laje de concreto. Levariam horas para vencer todo aquele entulho, no entanto havia diversas frestas por onde o ar provavelmente circulava.

Hmm. Podia estar errado, mas entendi que, se eles tivessem certeza de onde os soterrados estavam, conseguiriam tirá-los a tempo.

Havia uma forma segura de ajudar. Segura, apesar de bastante dramática.

Diminui a altitude até que conseguisse enxergar os cabos dos geradores. Com dificuldade, por causa da chuva que atrapalhava muito a visão, consegui manipular e emaranhar os cabos de força à distância até que se desconectassem das fontes. As luzes se apagaram. Teve agitação e alguma gritaria, mas todo mundo parou o que estava fazendo. Em seguida, concentrei toda minha força de vontade no espaço entre as palmas das minhas mãos e projetei três bolhas de energia azuis, mais ou menos do tamanho de bolas de tênis. Foi um dos primeiros truques que aprendi. Afastei-as rapidamente de mim e as conduzi mentalmente em direção às pessoas. Fiz com que flutuassem devagar por cima da cabeça de todo mundo. A ideia era chamar atenção mesmo. E funcionou, porque os gritos rapidamente deram lugar ao mais profundo silêncio.

Imagina a cena: centenas de pessoas absolutamente estáticas, em meio àquele cenário caótico, debaixo de chuva e cobertas de lama, olhando para três bolhas brilhantes que faiscavam e flutuavam sobre suas cabeças até pararem em um ponto específico dos escombros, bem em cima dos sobreviventes. Em seguida, transformei duas das bolhas em um pequeno fio de névoa luminosa que fez o caminho até as frestas maiores, por onde poderiam ouvir quem estava preso.

Tive medo de causar pânico ou de não me fazer entender, mas que nada. Os bombeiros rapidamente seguiram o rastro, encontraram a fenda e chamaram pelos sobreviventes, que responderam. A gritaria voltou em forma de aleluia e agradecimentos. Outro oficial se aproximou da bolha até ficar abaixo dela e, chorando, fez uma marcação no chão. Olhou para cima, fez sinal da cruz e voltou para onde estava.

Respirei fundo e, quando liberei o ar, a energia se dissipou. Alguém começou a aplaudir e, de repente, a atmosfera de angústia e urgência se transformou em uma breve celebração da vida. As auras tristes e opacas daquela gente ganharam cores mais vivas e vibrantes. Fui irreversivelmente contagiado por aquela energia e finalmente entendi o que Klaus disse pouco antes de morrer:

"*Você se dispôs, por livre e espontânea vontade, a usar seus poderes. Então use-os como ferramentas, não armas. Pense em construir coisas*".

Sorri e disse em pensamento:

– Obrigado, Klaus.

Olhei as horas no celular. Ainda dava tempo de chegar ao hospital dentro dos vinte minutos prometidos, mas você sabe como é vida... Se algo pode piorar, vai piorar.

O estrondo seco e alto chamou minha atenção. Era o pilar de um sobrado se partindo a uns quarenta metros de mim. Toda a construção se inclinou lentamente para o lado. A área ao redor estava evacuada, apesar disso, duas jovens tentavam pegar um cachorro assustado naquela rua. Era morte certa.

Voei o mais rápido possível na direção das moças, sem a menor ideia do que fazer. Afinal, não podia simplesmente tirá-las da rua em alta velocidade. Seria o mesmo que atropelar as coitadas. Tive que improvisar.

Pousei como uma bomba entre elas e a casa. Joguei as mãos para cima e projetei uma onda que repeliu a parte mais maciça dos escombros, criando uma espécie de semi-domo invisível por uns dez segundos. Minhas mãos acenderam e arderam como nunca. O esforço que eu fazia para manter aquilo tudo suspenso era gigantesco. Maior do que eu imaginava.

Uma das garotas se encolheu em desespero, mas foi rapidamente puxada para fora da zona de perigo pela amiga. O cão, no entanto, buscou proteção atrás de um poste logo atrás de mim. Pior lugar. Gritei para que alguém o tirasse de lá, porém não fui ouvido. Então agi por instinto. Desliguei as mãos, saltei em direção ao cão, o abracei e a casa caiu sobre nós.

Escuridão total, pancadas, tremores e um silêncio que não sei dizer quanto tempo durou.

Senti um toque delicado na minha mão e braço. Abri os olhos devagar. Era minha mãe.

– Bom dia, muito bom dia... – disse ela, carinhosamente.

– Que horas são?

– Dez para as onze da manhã. Sei que é sábado, mas o senhor prometeu me ajudar a limpar o quintal. Levanta, toma café e vamos aproveitar que o dia está ensolarado e quente pra dedéu!

– Mais dez minutinhos?

– Mais quatro.

– Oito.

– Seis – disse saindo.

O perfume de amaciante no travesseiro. Os cartazes de peças teatrais e filmes antigos nas paredes... Estava no meu bom e velho quarto. Era errado estar ali, mas não me importei. Levantei, escovei os dentes e tomei um belo de um café da manhã.

Adorava ver o mini arco-íris que se formava sempre que eu espirrava a água da mangueira para cima. Era mágico. Minha mãe, concentrada em tirar a sujeira atrás dos vasos, não me dava bola.

– Para de gastar água à toa, menino. Vem. Molha aqui pra eu varrer.

O quintal que já fora palco de festas e churrascos inesquecíveis, brilhava. O piso antigo de mosaico vermelho marcado contrastava com as delicadas mudas de rosas e lavanda nos canteiros abaixo das muretas praticamente cobertas por trepadeiras rigorosamente bem aparadas. Me sentia ótimo por estar ali, mesmo que uma parte irritante de mim sabia que algo estava fora do lugar. Não sei dizer se era, todavia intuí que aquela não era minha vida.

– Mãe, acho que morri.

– Morreu como? – perguntou ela sem parar de varrer o chão.

– Não sei. Acho que tô morto. Eu estava em outro lugar, fazendo outra coisa, agora tô aqui. Eu tinha que ir encontrar a senhora, só que me desviei, acho...

– Não estou aqui?

– Está.

– Pois então. Me encontrou. Você não morreu, meu filho. É a vida que está mudando. Mudar é como morrer um pouquinho.

– Não gosto dessa sensação.

– Ah, mas trate de se acostumar, porque, se Deus quiser, você há de continuar mudando. Nem pensar em estagnar. Sua tia Cassandra dizia que a mudança é a única constante no universo. Sempre achei essa frase horrorosa e muito batida, mas é a mais pura verdade. Tudo o que é vivo muda. O que não muda, perece.

– Se mudar é bom, por que dói tanto?

– Não é a mudança que dói. É nossa resistência à ela. Resistir dói. Se entregue à mudança. Embarque um pouco no ritmo da vida.

– A-acho que a senhora tem razão.

– Claro que tenho. Mamãe sabe tudo.

Continuamos a limpar o quintal em silêncio. Varremos, jogamos água, puxamos com o rodo, regamos as plantas e levei o lixo reciclável para fora. Quando tudo parecia em ordem, minha mãe, com um inabalável sorriso no rosto, segurou firme uma das minhas mãos e disse:

— Lembra-se de quando você me contou que não ia fazer faculdade para se dedicar ao teatro?

— Ô, se lembro. A senhora surtou.

— Surtei, mas qual foi o único conselho que te dei?

— Qualquer que seja a carreira que eu decida seguir, que seja uma que ajude a diminuir a distância entre as pessoas.

— Isso. Para todos os efeitos, sou sua mãe. E nada me deixaria mais feliz do que saber que meu filho trabalha para melhorar o mundo. Mas preste atenção: se a tarefa for razão de desgosto, tristeza e preocupações excessivas, pare. Não faça nada. Seu único destino é a felicidade, Caliel. O resto é historinha. Viva para ser quem você é, não para me dar orgulho.

— Por que a senhora está me dizendo isso?

— Porque a mudança chegou mais uma vez.

O azulejo abaixo dos meus pés trincou. Olhei para trás e vi uma pequena cratera se abrir no centro do quintal. Uma força incontrolável começou a atrair para si o ar, a mim, as flores... Tudo o que havia ali, exceto minha mãe, que parecia nem notar o que acontecia.

— Te amo, viu? Duvide disso, não. — E me soltou.

Fui sugado cratera adentro. Passei longos minutos caindo em um túnel escuro, até que senti, bem aos poucos, o gosto da água da chuva, o tecido molhado da minha máscara grudando no rosto, o cheiro de terra molhada... e comecei a ouvir vozes.

Vozes?

Abri os olhos. Estava deitado no chão de terra, rodeado por pessoas. Dezenas. A chuva parecia ter dado uma trégua. O cachorro, sentado ao meu lado, abanou o rabo quando me mexi. Ele parecia bem. Movi minhas pernas e braços. Não tinha dor e tudo parecia no lugar. A máscara continuava no rosto.

– Cê tá bem, moço? – perguntou uma das jovens.

– A sorte foi que o poste não envergou. Senão você e o cachorro morriam – disse um rapaz.

Me ajudaram a levantar.

– Vocês se machucaram? – perguntei à jovem.

– Não. Tamo bem.

Me agachei para ver se o cachorro estava realmente intacto. Era um vira-lata caramelo de fuço preto. Macho, médio porte, ainda novo, olhar esperto e brincalhão. A forma como os animais exalam suas cores é um pouco diferente de nós. Mudam drasticamente, como se só reagissem ao ambiente.

– O doguinho é seu? – perguntei à jovem.

– Não. O bichinho vive aqui na rua. A gente ficou com dó de ver ele com medo, mas não é nosso, não.

– Qual é seu nome?

– Janaína.

– Janaína. Cuida dele pra mim? Só até eu voltar?

– Cuido. De que nome eu chamo ele?

– Hmm... Que tal Medroso? Chama ele de Medroso.

– Haha! Tá bom. Vou cuidar do Medroso.

– Obrigado. Agora, vão pra casa. Tá perigoso.

Janaína pegou Medroso no colo e foi embora junto com a amiga. Mais gente se juntou à minha volta. Alguns comentavam coisas como "ele existe mesmo?", "é o Cidadão Incomum", outros tentavam me gravar, mas não me preocupei. Estava de máscara, coberto de lama e praticamente não havia luz no ambiente.

– A gente te puxou dali – disse um senhor apontando para um vão que se formou entre os escombros e o poste.

– Obrigado.

– Foi você que mostrou o lugar dos soterrados?

– Só tô fazendo a minha parte.

– Você é o Cidadão Incomum? – perguntou outra pessoa.

Não consegui responder.

– Se eu fosse você, ia embora – disse uma senhora. – Tá cheio de polícia aqui, moço.

Era a primeira vez que, vestido de Cidadão Incomum, aparecia em público. Achei que me apavoraria, que tentaria me esconder, disfarçar, mas não. Olhei para um rapaz que me apontava o celular e disse:

– Não tenho medo da polícia e ninguém precisa se preocupar comigo. Estou aqui para ajudar.

A pequena multidão se aproximou com uma infinidade de perguntas. Meu peito se encheu de alegria ao ver aquela gente falar comigo sem o terror nos olhos, entretanto não estava pronto para uma interação naquele nível. Aproveitei que ainda estavam a uma distância segura e decolei rumo ao hospital.

No caminho, lembrei de todo o sonho que tive enquanto estava soterrado. Era a primeira vez que sonhava desde que os poderes surgiram. Devia ser algum efeito colateral do bloqueador que Regina usou contra mim.

O Hospital das Clínicas é um dos mais importantes e movimentados da cidade e fica em uma região tão movimentada quanto. Mesmo tarde da noite, era impossível pousar sem chamar atenção. O único lugar que encontrei, por mais mórbido e irônico que pareça, foi o cemitério mais próximo. Desci, sentei em um túmulo qualquer e tentei ajeitar minha roupa. Você não tem noção do quão molhado, imundo e rasgado meu traje estava.

Assim que entrei na recepção principal do hospital, quase me desesperei. O lugar estava um caos. Centenas de pessoas aguardando atendimento. Tumulto nos guichês, choro de crianças, discussões, enfermeiros correndo de um lado para outro. A chuva havia castigado a cidade mesmo. Saquei o celular do bolso e levei outro susto. Ele estava parcialmente esmagado, com lama dentro da tela e, claro, inútil. Respirei fundo e me perguntei o que mais poderia dar errado naquela noite.

Devia ter ficado quieto.

– Caliel! – disse uma voz atrás de mim.

Era Ana, minha irmã, acompanhada do namorado e de Eder. Parecia completamente perdida. Segurava alguns papéis e vestia um roupão fechado que cobria o pijama. Evandro afrouxava a gravata. Parecia ter saído às pressas do trabalho. Eder me olhava com piedade. Antes que eu tivesse chance de perguntar qualquer coisa, ela me puxou e me abraçou forte, como nunca havia feito. Dava para sentir sua angústia vibrando no meu peito.

— Cadê a mamãe? — perguntei.

— Ela morreu, Cali. A mamãe morreu... — respondeu sem me largar.

Os choros, a gritaria e toda a confusão que me rodeava deram lugar a um único som: o do coração de Ana batendo em sincronia com o meu. Não sabia o que devia sentir, falar ou fazer... Ficamos naquele abraço por quase um minuto.

As coisas nunca mais seriam as mesmas. De novo.

***

— Encontrei ela desmaiada no quarto, toda desajeitada, tadinha. Parecia que tinha convulsionado, porque a boca estava coberta por uma espuma. A ambulância chegou até que rápido, mas não deu tempo.

— O que ela teve, afinal?

— Um aneurisma cerebral que rompeu.

Passei todo o velório ouvindo minha irmã contar a mesma história de formas diferentes para os poucos amigos, conhecidos e parentes que compareceram. Quase ninguém vinha falar comigo, exceto alguns tios e primos que eu mal conhecia.

Enquanto Ana distraía a todos com histórias fofas e engraçadas, me aproximei sozinho do caixão e tentei enxergar minha mãe naquela casca inerte. Desculpa se pareço insensível, mas um ser vivo, seja ele bom ou mal, é para os meus olhos como um quadro surrealista de luzes, cores e imagens. Klaus me disse uma vez que a pessoa não existia por causa do corpo, era o corpo que existia por causa da pessoa. *"Somos pensamentos vivos agindo sobre a matéria"*. O que eu via ali era cinza, opaco, sem nada dentro. Não ia encontrá-la naquele caixão.

Saí para caminhar no jardim que ficava em torno de onde acontecia o velório. Fazia uma tarde linda e ensolarada. Do jeito que minha mãe gostava. Eder, que não saiu de perto de mim desde o hospital, me acompanhava em silêncio.

– Quero te pedir desculpa, Ed.

– Pelo quê?

– Não tem sido fácil viver comigo.

– Relaxa, mano. Tá acontecendo um milhão de coisas ao mesmo tempo para nós dois.

– Não é desculpa. Vacilei contigo.

– Eu também vacilei. Às vezes, a gente faz bobagem. Tá tudo bem. Desculpas aceitas.

Demos um rápido abraço e ele perguntou:

– Como você está aí dentro?

– Sei lá.

– Não te vi chorar, nem nada. Sei que não sente as coisas como a gente, mas sua mãe morreu. Tenta não guardar isso dentro de você...

– Tô bem. Acho que só preciso de tempo pra assimilar direito. Sabe, antes de encontrar vocês no hospital, fui ajudar, quer dizer, tentar ajudar no resgate de algumas pessoas e acabei parcialmente soterrado.

– Caraca! Por isso cê tava todo sujo.

– Sim. Quando aconteceu, meio que desmaiei na hora e, não sei dizer como, porém estive com minha mãe.

– Como assim esteve? Sonhou com sua mãe?

– Não. Era mais real que sonho.

– Me explica, porque já buguei.

– Sei como é ter alguém dentro da minha cabeça. Klaus fazia isso o tempo todo. Senti a mesma coisa durante o tempo em que fiquei conversando com ela.

– Hm.

– Em circunstâncias normais, diria que tive uma alucinação, mas aquele aparelho que a Regina me mostrou...

– O que supostamente capta as vozes dos mortos.

– Isso. Aquele aparelho abriu minha mente para a possibilidade de que as pessoas não morrem. Então, minha mãe não morreu, certo? A gente podia...

Eder parou de andar e me segurou meu ombro.

– Epa, epa, epa! Vamos com calma, amigão. Muita coisa aconteceu de uma só vez. Você caiu na conversa da mulher mais desprezível que existe, ouviu espíritos pelo telefone, descobriu que alienígenas existem, depois a gente brigou, você foi soterrado e sua mãe morreu. Pisa no freio, mano. Não embaralha as coisas. Você teve uma noite muito, muito difícil. Respeita isso.

– Tá dizendo que estou inventando?

– Não. Tô pedindo para que se conecte com o presente, com o aqui e o agora.

– Minha mãe tá viva em algum lugar, Eder!

– Pode ser, mas ela morreu para todas as outras pessoas que não têm poderes, o que inclui sua irmã!

– Você não tá me entendendo!

– Onde quer que sua mãe esteja, não vai mais fazer parte da sua rotina.

– Para...

– Não vai mais te ligar, nem te obrigar a comer macarronada.

– Pedi pra parar!

– Sua mãe não está mais entre a gente!

– Ela tá viva!

– Mas não aqui!

Agarrei Eder pelo colarinho e o ergui. Ele não reagiu, nem esboçou espanto. Sabia que eu jamais o machucaria.

– O QUE VOCÊ QUER DE MIM?!

– Que pare de fugir da dor.

Coloquei Eder no chão. O sentimento frio e avassalador da perda finalmente me alcançou. E ali, nos braços do meu melhor amigo, chorei.

***

Chegamos à casa de minha mãe algumas horas mais tarde. Evandro caminhava meio perdido entre a sala e a cozinha, tentando ser útil. Sentado no sofá, acompanhei Ana terminar de organizar a papelada do seguro de vida. Eder, acomodado na poltrona à minha frente, configurando o celular novo que comprei.

– Incrível como a mamãe era organizada. Está tudo certinho, atualizado, pago – disse minha irmã. – Ela não dava ponto sem nó.

Minha mãe deixou um sítio, uma casa e um seguro de vida. Eu não fazia a menor ideia do que fazer com todas aquelas coisas que agora eram nossas. Depois que tudo se acalmou, concordei com Ana de morar e me responsabilizar pela casa, pelo menos durante os trâmites do inventário.

Quando anoiteceu, ela, que estava exausta, foi dormir na casa do namorado. Eder resolveu ficar, talvez por sentir que não devia me deixar sozinho. Pediu pizza, fez piadas e aos poucos o clima foi ficando mais leve. Passamos horas rindo, falando das boas lembranças que ele tinha com minha mãe.

Mais tarde, enquanto assistíamos a *Stranger Things*, ele perguntou:

– O que será que eles querem?

– Quem?

– Os alienígenas.

– Não são alienígenas. São bichos, entidades de uma dimensão paralela.

– Quê? Não! Tô falando de você. Por que os alienígenas se dariam ao trabalho de vir à Terra para dar poderes às pessoas? O que eles querem?

– Tá.

Levantei, fiquei entre ele e a TV e disse:

– Seguinte. As coisas vão mudar a partir de agora. O Cidadão Incomum já era mesmo.

– Tá bom. Mas não me diga que vai fazer o jogo daquela Regina.

– Vou.

– Mano...

– Admita, Eder. Essa mulher com certeza tá metida até o pescoço em mortes, esquemas e em coisas que nem quero imaginar, mas se alguém tem as respostas que procuramos, é ela.

– E por isso você vai jogar todo nosso trampo no lixo?

– Óbvio que não! Só... sinto que a gente precisa tomar um caminho diferente. Esses confrontos todos estão me deixando maluco, cara!

Eder suspirou. Apesar da decepção, reconheceu:

– Tá certo, tá certo... Vamos tentar esse caminho diferente.

– Me veja como um infiltrado no...

Bump!

Um barulho de pancada na cozinha interrompeu nossa conversa.

Pah!

Outro barulho, como se algo pesado caísse no chão. Eder saltou da poltrona. A impressão era de que alguém caminhava na nossa direção, mas não tinha sombra.

— Caliel — disse Eder, quase em falsetes.

— Quê?

— Lá... no-no velório... O-o que você quis dizer com "minha mãe está viva"?

— Fica atrás de mim.

A porta entre a sala e a cozinha, que estava entreaberta, chocou-se contra a parede como se alguém a chutasse. Eder se encolheu.

Acendi as mãos e ampliei meus sentidos ao máximo. Vi uma névoa de cores bastante familiar, que não deveria estar ali. De repente, a luz em volta daquela massa distorceu, formando uma silhueta humanoide e...

Cara, que dia maluco.

A figura de Klaus, moribundo e ensanguentado, surgiu lentamente diante de nossos olhos.

— Klaus! — gritei, correndo para socorrê-lo.

Ele praticamente se desmontou nos meus braços, de tão fraco que estava. Deitei-o com cuidado no chão.

— Á-água... — sussurrou.

— Ed! Pega água!

— Esse é o...?

– Eder!

– Meu Deus! Tá!

Eder correu para a cozinha. Segurei firme o rosto repleto de cortes e hematomas de Klaus, que me encarou com um olhar sofrido e lacrimejante.

– O que aconteceu?! – perguntei quase que aos berros. – Fala comigo!

– Fiz uma... A-acho que fiz uma besteira...

ERA O QUARTO OU QUINTO COPO DE ÁGUA QUE KLAUS DERRAMAVA SOBRE o próprio rosto. O líquido era absorvido tão rapidamente pela pele que sequer molhava o moletom surrado que vestia. Quanto mais água absorvia, mais rápido as feridas cicatrizavam e o vigor aumentava. Eder, com os olhos arregalados e as mãos cobrindo a boca, não conseguia disfarçar o espanto.

— Como você se acostuma com isso? — perguntou.

— Não me acostumo.

Depois do último copo, ajudei Klaus a se levantar. Ele cheirava a menta e anis, apesar da roupa suja e gasta.

— Está se sentindo melhor? — perguntei, conduzindo-o ao sofá.

— Melhor...

No curto caminho entre onde estávamos e o sofá,

Klaus, apoiado em meus braços, me encarou e, tão rápido quanto o próprio pensamento, viu e sentiu tudo o que aconteceu comigo desde o nosso último encontro. Sua mão apertou meu pulso.

– Sinto muito por vossa mãe, irmão – disse com a voz mais forte.

– Obrigado. Não tá fácil.

– Nunca é.

Sentei-o na poltrona e Eder trouxe mais água.

– Ao que parece, nossos corpos e mentes têm sido testados – disse acomodando-se com alguma dificuldade.

– Olha, não quero ser indelicado, todo mundo tá meio cansado, perplexo etc., mas se eu não perguntar agora, vou explodir por dentro. Klaus não tinha morrido? – perguntou Eder para mim.

– Tinha! – respondi. – Na minha frente.

– Morri como?

– Com um tiro na cabeça.

– Quando?

– No nosso último encontro, Klaus.

– Está se referindo àquela noite em que você subitamente partiu no meio da conversa, sem qualquer explicação?

– Quê? Não foi assim! Nosso papo foi interrompido com você sendo baleado e morto na minha frente. Daí voei pra confrontar o atirador! Quando voltei, você não estava mais lá. Achei que tinha sobrevivido, mas, como não o encontrei mais, presumi o pior.

– E o atirador? Quem era?

– Era, hã... Eu.

– Você.

– Pois, então... É complicado. Mas, aparentemente, estou sendo caçado pela minha versão maligna.

– Caliel do mundo invertido – disse Eder.

Klaus pendeu a cabeça para o lado e trincou os olhos. Ele estava pensando. Em seguida, puxou um pouco de ar pela boca e inclinou-se, como quem está prestes a dizer ou fazer alguma coisa.

– Bem, posso afirmar que estou vivo.

– Podemos afirmar isso também – disse Eder.

– E acho bastante improvável que exista outra versão sua perambulando por aí, meu irmão – afirmou Klaus.

– Quem me atacou, então?

– A mesma pessoa que me deixou neste estado.

Sentei na mesinha de centro da sala. Eder nem se mexeu.

– Me conta o que tá pegando, Klaus.

– Já fazia alguns dias que eu sentia certa... perturbação no tecido psíquico.

– O que é esse tecido psíquico? – perguntou Eder.

– Imagine uma rede que conecta sua mente com todas as outras. Ela é como o ar. Você não a percebe, mas está o tempo todo pensando, criando e imaginando dentro da rede. É de onde vêm as inspirações, as sincronicidades... A maior parte de nossos pensamentos não são exatamente nossos. O que isso nos diz, hein?

Silêncio. Eder, atônito, sentou-se. Klaus continuou:

– Pessoas como Caliel podem sentir, ver e interpretar a rede. Pessoas como eu podem tocá-la e explorar suas possibilidades. Mas nosso adversário... Ah, ele pode fazer mais. Seu nome é Tito e, ao que parece, tem o poder de manipular toda a nossa percepção da realidade.

– Ele, tipo, faz a gente ver o que ele quiser – disse Eder.

– Muito mais que ver, receio. Tito pode caminhar dentro de nossa essência e nos convencer do que bem entender.

As coisas começavam a fazer sentido na minha cabeça. Os apagões durante os dois confrontos, os golpes devastadores que não deixavam marcas.

– Então, nada daquilo foi real? – perguntei.

– O evento em si, não. Mas a experiência, sim. E isso basta para a mente.

– Tá, mas ele é o quê? Um maluco, psicopata? Por que tá atacando a gente?

Klaus hesitou. Olhou para baixo antes de responder.

– Por minha culpa. As constantes perturbações no tecido psíquico estavam me atrapalhando e saí à procura do epicentro. Encontrei Tito, mas nosso encontro não saiu como planejado. Inadvertidamente, iniciei o intercâmbio mental. Coisa que sempre faço. Queria conhecê-lo melhor, só não tinha ideia de sua capacidade. Quando nossas mentes se tocaram, houve um colapso.

– Colapso? – perguntei.

– Devido ao acesso irrestrito de Tito ao tecido psíquico, nossas mentes, em vez de apenas trocarem informações, se embaralharam. Nos tornamos um por alguns segundos. Podíamos ter nos desvencilhado a qualquer momento, mas o garoto se desesperou. Ao que parece, vinha sofrendo uma série de perseguições até ali. Achou que fosse mais uma emboscada.

— Sei como é.

— O poder fora de qualquer controle, somado a um passado difícil e sérias... questões quanto à sua identidade, fizeram com que o setor mais primitivo da sua mente tomasse conta.

—O id — disse Eder.

— Quê? — perguntei.

— Teoria da personalidade de Freud.

— Oi?

— Caraca, Caliel! Conhecimento básico, hein? Freud divide nossa mente em três estruturas: superego, id e ego. Superego é basicamente nosso guia moral. Ele reprime, geralmente com culpa, os impulsos e desejos mais primitivos, ou que não correspondem aos valores éticos e morais que a pessoa absorveu da família ou sociedade. O id é o oposto. É nosso lado mais impulsivo, reativo, inconsciente, animal... Já o ego é nossa parte mais racional, pé no chão e dedicada às demandas da realidade, como emprego, tarefas, essas coisas...

— Estudou Freud? — perguntei surpreso.

— Pro trabalho. Prever o comportamento do usuário, antecipar problemas, essas coisas...

– Vim pedir a ajuda de vocês – interpelou Klaus. – Até o momento, Tito não fez nada contra ninguém, exceto nós dois. Ele enfrenta uma severa batalha interior. Temos que ajudá-lo.

– Senão? – perguntou Eder.

– Uma pessoa fora de si com acesso a todas as mentes que quiser? São Paulo vai enlouquecer.

Repassei na memória os dois confrontos que tive com o tal Tito. Foram ataques pessoais, íntimos. Parecia ter raiva de mim.

– Como Tito sabia quem eu era? – perguntei.

– Descobriu o Cidadão Incomum nas redes sociais e viajou fugido para cá em busca de respostas. O admirava e desejava seguir seus passos. Mas, quando colapsamos, Tito absorveu certas opiniões e receios que tenho sobre você e, bem... a admiração foi... distorcida.

– Opiniões suas sobre mim.

– Sempre te achei perigoso e errático, meu irmão. Nunca escondi.

– Eu é que não vou discordar – disse Eder.

– Por que esse cara não me matou então? Oportunidade teve.

– A índole. Como falei, o garoto está em conflito. Nosso trabalho é garantir que o lado certo vença.

– Tá. Como a gente resolve isso? Você tem um plano?

– Sim. Vou induzi-lo ao relaxamento total e limitar temporariamente seu acesso ao tecido psíquico. Mas, para que funcione, tenho que segurá-lo.

– Você é forte e ele é um guri. Por que precisa de mim?

– Tito sabe do que sou capaz e já criou contramedidas bastante eficientes. Se me vir, não poderei chegar perto. Preciso que o distraia – disse Klaus.

– Entendi. O plano é eu ser o saco de pancada enquanto você fica invisível, surpreende o doidinho e faz sua magia psíquica.

– Exato.

– Ok. Onde ele está agora?

– Não tenho como saber.

– Por que não usa a, hã, rede pra localizar o sujeito?

– Irmão, enquanto falamos, faço um esforço tremendo para manter-me longe do alcance psíquico de Tito. Se descubro onde Tito está, Tito descobre onde nós estamos.

– E o elemento surpresa cai por terra. Temos que atrair o garoto, então.

– Epa! Peraí! Mesmo que fique invisível, esse Tito não vai sentir você se aproximando? – perguntou Eder a Klaus.

– Não se Caliel chamar bastante atenção.

– Ah, nisso ele é bom.

– Quem garante que Tito não vai mexer com a minha cabeça a ponto de, sei lá, me deixar maluco pro resto da vida? – perguntei.

– Há o risco. Não posso guiar você pelas ilusões e surpreender nosso adversário ao mesmo tempo. Você precisa de uma âncora. Alguém fora da influência de Tito que possa escutar. Eder tem condições de fazer esse papel – respondeu Klaus.

Como atrair a atenção de Tito e convencê-lo a revelar sua localização? Klaus pendeu a cabeça para baixo em busca de respostas. Eder olhou para mim, tirou os óculos e limpou as lentes com a camiseta. Foi quando tive uma ideia muito boa, mas com grande potencial de trazer consequências no mínimo imprevisíveis.

— E se a gente fizesse um show de despedida? — sugeri.

Quarenta e sete minutos mais tarde, lá estava eu sentado na grade de manutenção da famosa antena da avenida Paulista, que sempre foi considerada uma espécie de farol para quem visita ou vive em São Paulo. Todo mundo quer morar em um apartamento com vista para a antena. Ou seja, era o palco perfeito.

— Quero deixar claro que não apoio essa ideia — disse Eder pelos fones.

— Tem uma melhor?

— Não.

— Então não reclama. Klaus, está na escuta?

— Sim — respondeu com sua voz grave ecoando nas nossas cabeças.

— AH!!! — gritou Eder. — Que horrível! Parece que ele tá dentro de mim!

— Te falei! Telepatia é isso. Agora, todo mundo atento. Vamos começar!

Flutuei da antena para o meio da avenida, mantendo uma altura razoavelmente alta. Afastei os pensamentos, tranquei a respiração e concentrei toda minha força nas mãos, que irradiaram uma luz azul. Delas, saíram bolhas brancas que me rodeavam e explodiam como fogos de artifício bastante chamativos. Em menos de um minuto de show, a multidão apressada parou nas calçadas e cabeças surgiam em praticamente todas as janelas. Quanto mais gente aparecia, mais intensamente eu brilhava.

– Atenção! Cidadão Incomum nos *trending topics*. Tem muita gente te filmando agora mesmo, Caliel.

– Perfeito.

Sete minutos se passaram e já era possível ver helicópteros vindo na minha direção. Diminuí um pouco a intensidade da luz para que vissem que havia uma pessoa flutuando ali. Estávamos parando a cidade.

– Estamos dentro do alcance psíquico de Tito. Isso só pode significar que ele mordeu a isca e está se aproximando. Ao menor sinal, siga o plano. Vou cortar nosso elo a partir de agora – informou Klaus.

– Ouviu, Eder?

– Sim. Boa sorte aí. Estou com você.

– Valeu.

Trinta ou quarenta segundos depois, minha "cópia" surgiu flutuando na minha frente. Ele estava idêntico a mim. Nos mínimos detalhes. Apaguei as luzes, coloquei as mãos na cintura, joguei a cabeça para o lado e disse:

– Olha quem apareceu!

– Isso tudo foi pra mim? – perguntou com uma voz sinistra.

– Não seja convencido.

– Sabe que vou te matar agora, não sabe?

Cruzei os braços e me aproximei lentamente.

– Sei, sim. Topo enfrentar você. Ver quem de nós dois é mais forte. Só tem uma coisa.

– O quê?

– Se vai me matar, vai me matar direito. Olho no olho. Frente a frente.

– Estou bem aqui, meu parceiro – disse abrindo os braços.

– Não está, não... Tito.

Ao ouvir seu nome sair da minha boca, a cópia recuou.

– É... Eu sei quem você é.

Tito, ainda na forma de Cidadão Incomum, me agarrou pela jaqueta e me lançou contra a antena, bem no centro de um holofote de luz laranja que explodiu. Aquilo doeu. Antes que eu pudesse sequer pensar em me recuperar do impacto, fui atingido por uma descarga elétrica fortíssima que tirou de mim qualquer possibilidade de raciocínio. Enquanto meu corpo formigava e eu lutava para não desmaiar, uma voz diferente, muito mais aguda, ecoou na minha cabeça:

– Eu sei quem você é também. Filhinho de mamãe, sempre teve tudo na mão. Acha que sabe alguma coisa sobre justiça, mas tudo o que fez até hoje foi aterrorizar as pessoas com a sua covardia.

O choque parou e Tito me ergueu novamente. Não adiantava saber que aquilo não era real. Doía do mesmo jeito. Àquela altura, eu mal tinha forças para falar, mas não ia desistir.

– Po-pode ser, Tito... Ainda estou tentando descobrir o que é... certo e errado. Mas ninguém morreu porque eu quis... covarde é você que... querendo me matar... se esconde.

– NÃO SOU COVARDE!

– Então me encara, moleque...

– NÃO TENHO MEDO DE NADA! – gritou, lançando-me para cima como se eu não fosse nada.

Depois de alguns metros, consegui controlar meu corpo e parei no ar. Olhei para baixo e levei um susto. Tito, ainda vestido de Cidadão Incomum, estava com um corpo bem menor e mais magro. Havia um rasgo no topo da máscara, revelando um moicano verde e, o mais esquisito: ele estava acompanhado por uma criatura amarela e redonda, com a boca repleta de dentes enormes e um charuto. Parecia a versão sinistra de um desenho animado infantil qualquer.

A criatura voou para trás de mim e soprou a fumaça do charuto. Tito se posicionou bem à minha frente.

– Quer me encarar olho no olho? – perguntou Tito.

– Acho que ele quer – disse a criatura.

– Então, vem. Tô te esperando.

Tito tirou a máscara e, em vez de seu rosto, vi uma caveira translúcida abrir uma boca desproporcionalmente grande e dela sair um tiro que explodiu minha cabeça. Senti meus miolos saírem para fora e formarem a palavra "paraíso".

Aquela foi a experiência mais incrível e assustadora que já tive.

Acordei com uma luz forte no meu rosto. Eram os holofotes de dois helicópteros. Eu estava flutuando no mesmo lugar, ao lado da antena da Paulista. Olhei à minha volta e, cara, eu havia realmente parado a cidade.

– Eder? – chamei.

– Graças a Deus!

– Fiquei quanto tempo sem responder?

– Você passou dois longos minutos convulsionando no ar e ao vivo para todo o Brasil, meu amigo. Parabéns! Tito apareceu?

– Apareceu. Ele está na Estação Paraíso do metrô.

– Dentro?

– É o que vou descobrir.

Acenei para as câmeras e voei na direção de um prédio onde Klaus me esperava com o braço erguido. Ele sabia levitar, mas não voar como eu. Precisou de uma carona até o metrô.

Chegamos próximo à estação que, claro, estava lotada. Klaus pediu para que pousássemos.

– Pousar como com esse tanto de gente aqui? Tá doido?

– Estamos invisíveis, irmão.

– Ninguém pode me ver?

– Ninguém. Pouse, por favor.

Descemos até um lugar menos movimentado, na ponta de uma praça.

– Tito o aguarda na plataforma. Tire a máscara e vá de cara limpa. Distraia-o o quanto puder.

– E você?

– Chegarei no momento certo.

Ajustei minhas roupas. Coloquei a máscara no bolso, mas deixei os visores na testa e Klaus nos fez visíveis novamente. Desci as escadas da estação e caminhei em meio à multidão pelo corredor principal que leva às catracas. De repente, trombei no senhor à minha frente que parou de andar e percebi que todas as pessoas que chegavam a uma certa distância da plataforma paralisavam.

– Eder? Está me ouvindo?

– Estou.

– Ufa. Então, não é comigo. Tito está literalmente parando a estação.

– Se prepare pra tudo, mano.

Saltei a catraca, desviei delicadamente das pessoas, que mais pareciam estátuas de cera ultrarrealistas e desci a escada da plataforma. Me deparei com uma cena no mínimo curiosa. Centenas de homens e mulheres postos um do lado do outro e olhando para cima. No centro da plataforma, um garoto acenando para mim como se tudo aquilo fosse normal. Era Tito. Admito que o guri era diferente de tudo que eu imaginava. Pele morena, rosto delicado, cabelo verde, estilo moicano, alguns piercings e uma camiseta vermelha com um *smile* estampado. Em nada se parecia com a grande ameaça que, naquele momento, era.

Ergui os braços, me aproximei calmamente e disse:

– Pra que tudo isso, *man*? Fala comigo.

– Não te interessa!

– O que quer que tenham feito você passar... a gente pode se ajudar. Você não está sozinho, cara!

– ESTOU SIM! Sempre estive! Sabe o que é não se reconhecer? Sentir que cada átomo do seu corpo está errado? Sabe o que é viver dentro de uma história mal contada?! Sabe o que é procurar abrigo e só encontrar porrada? Claro que não sabe! Você nasceu perfeito! Sua vida foi perfeita até aqui! Um mar de rosas se comparada à minha. E o que o bonitão aí faz com essa perfeição toda? Mata, destrói!

– O que você quer que eu faça, Tito?

– Pergunte à ela – disse apontando para o topo da escada atrás de mim.

Me virei e vi uma menina de no máximo onze anos vestida de Cidadão Incomum descer as escadas com graciosidade e de mãos dadas com Zika, terrivelmente mais magro, com os olhos apontados para direções opostas e a cabeça parcialmente estourada e coberta por sangue coagulado. Meu coração veio à boca, mas lembrei da missão e coloquei os visores.

– Eder – disse eu baixinho. – E-está vendo isso?

– Não, cara. Não tem ninguém aí.

Respirei fundo e voltei a encarar Tito, que estranhou meu movimento.

– Não vou cair nessa, Tito.

– Acreditei em você – disse a garotinha atrás de mim. – E olha o que aconteceu comigo.

Senti sua mão puxar minha jaqueta. Quando olhei, a vi sem máscara, com o rosto parcialmente estourado pela queda. Pulei para trás.

– Caliel, me escuta. Não tem ninguém aí!

– N-não tem.

– Isso. Não tem. Confia em mim.

Empurrei a criança e caminhei na direção de Tito, que se surpreendeu pela minha reação. Todavia alguém me segurou. Era Zika.

– "Para os puros, tudo é puro..." – disse antes de me derrubar com uma rasteira.

Debruçou-se sobre mim e continuou a falar enquanto pedaços do seu cérebro caíam sobre mim. Eu podia sentir seu cheiro, o gosto, a dor... Era horrível.

– "Para os impuros e infiéis, nada é puro..."

– Meu pai está chorando agora, sabia? – gritou a garota enquanto me chutava.

Minha mente lutava para se manter consciente diante de tudo aquilo, mas era impossível. Era como um sonho. Por mais absurdo e surreal que seja, na hora é real.

– Luta, Caliel! – gritou Eder.

Com um esforço tremendo, como quem tenta emergir da área movediça, me desvencilhei de Zika com um soco que literalmente o explodiu. Estava tão fraco, que não consegui ficar de pé. Ajoelhei e senti as mãos dos mortos pressionando minhas costas.

– Deixem ele em paz – disse uma voz feminina.

A garotinha se afastou e vi minha mãe se aproximando devagar, toda vestida de branco. Ela, com seu jeito único, me ajudou a levantar. Arrumou a gola da minha jaqueta com muito carinho e disse, acarinhando meu rosto:

– Não ligue para eles, filhão. A gente sabe que você também teve uma vida difícil, não sabe, meu bem? Sem papai, sem rumo, sem disciplina... Sempre fugindo das partes ruins da vida. Mas a mamãe sempre te entendeu. Sempre te apoiou, não é verdade?

– S-sim... mãe.

– E o que recebi em troca? Nem um adeus na minha última hora.

– Não. Eu... eu estava salvando as pessoas do deslizamento, mãe.

– Que pessoas, meu Deus? O que no mundo é mais importante que socorrer a mamãe no hospital?

– Quê? N-não é...

– Meu filho é um bom rapaz, Tito... Entretanto vive de coração amargurado. Enterrou traumas e hoje nem sabe porque sofre. É por isso que erra tanto, tadinho. Mas não se preocupe. Mamãe dá um jeito.

E, sem que eu tivesse qualquer força para evitar, minha mãe cravou a mão no meu peito, atravessou os ossos da costela e arrancou meu coração, que ainda pulsava entre seus dedos. Gritei.

– Veja pelo lado bom. Agora tem mais espaço para o seu vazio aí dentro, meu amor.

– Caliel, presta atenção! Isso não é real! Acorda!

Não parava de sair sangue do buraco do meu peito.

– Me escuta, pelo amor de Deus! Pensa, meu amigo! Usa a cabeça!

– U-usa a cabeça...

– Isso! Pensa.

– S-sem coração...

– Você tem coração, Caliel! O que quer que esteja vendo, não é real. Se concentra, cara!

Não sei se foi o desespero de Eder, o instinto de sobrevivência ou a mais pura sorte, mas entre todas as formas e sons projetados por Tito, ouvi os apelos de meu amigo e fechei os olhos. Lembrei das incontáveis horas de meditação e de todo o passo a passo de como limpar a minha mente. Voltei a atenção para minha respiração e senti meu coração bater. Abri os olhos e vi meus mortos se desfazerem em pó diante de mim. Tito, visivelmente assustado, transformou-se em uma criatura cartunesca, de olhos grandes e luminosos. As pessoas paralisadas ao nosso redor lentamente viraram-se para mim, com as cabeças para cima.

– Escuta, garoto... eu não inventei o mundo. Não sei por que algumas pessoas sofrem mais que outras. Fiz muita besteira nesse meu tempo como Cidadão Incomum, mas só quis acertar... isso que a gente tem, esse poder, não precisa ser usado desse jeito...

– O que você sabe sobre o sofrimento alheio, seu egocêntrico?! – gritou Tito com a voz distorcida pela raiva.

– Nada! Não sei nada! Não nasci pronto, cara! Nem você, nem Klaus... mas estou aqui, de pé, disposto a encontrar um jeito de melhorar. E você? O que vai fazer?

Tito não respondeu, arfava de raiva. Dava para ver as lágrimas brotando dos olhos grandes e furiosos.

– Tá todo mundo no mesmo tabuleiro, Tito...

– Então é a minha vez de mover as peças – ele falou antes de ordenar com um gesto que aquela multidão de zumbis silenciosos me cercasse.

– Eder, o que eu faço?!

– Reza.

– Eder? Quem é Eder? Você está trapaceando! Dilacera esse filho da... AAAAAH!!!

Tito pôs as mãos na cabeça e começou a gritar. Estranhas ondas de luz rosa e amarela saíram de seu corpo. Cabeças começaram a explodir à minha volta. Quando levantei o braço para me proteger do excesso de sangue, vi minha pele se desintegrando como areia.

– TIRA A MÃO DE MIM!!! – gritava.

O ar vibrava. Minha roupa, pele, carne e nervos esfarelaram-se até literalmente os ossos. O chão da plataforma tremeu e pedaços do teto caíam ao meu redor. Ruína. Sensação devastadora de morte.

Antes de tudo escurecer de vez, vi a silhueta de Klaus aparecer atrás de Tito. Parecia que tinha conseguido dominar o garoto.

Pena que era tarde demais.

***

De volta à casa de minha mãe, sentado tranquilamente na poltrona em frente à TV da sala, a impressão era de que eu tinha acabado de despertar de um cochilo enquanto assistia ao jornal. Ainda era noite e tudo parecia estranhamente normal. Klaus dormia ou meditava no sofá. Eder e Tito conversavam à mesa enquanto comiam pão e bebiam cerveja.

– Alguém pode por favor me explicar o que aconteceu? – pedi.

Klaus despertou.

– Bem-vindo de volta, irmão. Sente-se bem? – perguntou.

– Sim. Como vim parar aqui?

– Caminhando.

– Por que não me lembro?

– A influência de Tito sobre sua psique foi profunda. Precisei me apossar do seu corpo. Eder nos orientou.

– Mano, ele literalmente reiniciou sua mente! Você lançava uns pulsos de energia que quase queimaram tudo que era eletrônico aqui. Foi a coisa mais surreal do mundo! Tipo, a gente não tinha total certeza de que você ia acordar sendo você mesmo – disse Eder em um misto de alívio, medo e fascínio.

– Meu Deus! E as pessoas no metrô? E todo mundo que estava na plataforma?! – perguntei esperando o pior.

– Seguiram seus rumos – respondeu Klaus. – Algumas compartilharam a sensação de lapso temporal, outras chegaram em suas casas com dores de cabeça, mas é só. É improvável que se lembrem do que aconteceu.

Olhei para Tito, que acenava com um sorriso constrangido no rosto.

– E ele? – perguntei a Klaus.

– Levará algum tempo até que se recomponha totalmente, o perigo maior já passou. Restringi um pouco do seu poder até que possa controlá-lo.

– Ele vai me treinar – disse Tito, que se aproximou e estendeu a mão. – Prazer e me desculpe por tudo.

Retribuí o cumprimento.

– A gente erra muito até pegar o jeito. Está desculpado.

Quando levantei, reparei que os três me olhavam de forma estranha. Eder principalmente.

– O que foi? – perguntei.

– Pff! Por onde eu começo?

Eder sincronizou a TV com o laptop e, cara... fiquei boquiaberto. Meu show de luzes não parou só a cidade, mas toda a internet e tomou conta dos noticiários. Vídeos e fotos em diversos ângulos, teorias, relatos e opiniões surgiam a cada segundo. Parte de mim achou aquilo tudo incrível, parte estava em pânico.

– O Cidadão Incomum não é mais uma lenda, mano. É um fato. A questão é: ele morreu mesmo? Você vai parar? – perguntou Eder.

– Não é tão simples assim.

– Precisamos ver como sua aparição vai amadurecer na cabeça das pessoas, apesar da percepção geral ser bastante positiva.

– Se eu continuar com isso, meu acordo com Regina vai pro saco e tudo volta ao que era antes.

– Regina? – perguntou Tito.

– Você propôs um acordo... – disse Klaus.

Contei a eles tudo sobre minha reunião com Regina. Mencionei a força-tarefa, a hipótese do envolvimento alienígena, as ameaças, e enfatizei meu receio de continuar como Cidadão Incomum. Durante todo meu relato, senti Klaus praticamente caminhar pelas minhas memórias, absorvendo cada detalhe de tudo o que eu dizia, até as últimas palavras de Regina antes de eu decolar.

– Organon... – repetiu ele como se aquele nome lhe soasse familiar.

– Já li esse nome! – exclamou Tito.

– Onde? – perguntei.

– Tive um arranca-rabo com essa Regina aí antes de vir para São Paulo. Ela queria me prender num laboratório em troca de sei-lá-o-quê, como se eu fosse um rato. A bichinha é boa de lábia, mas mandei ela se lascar. Me torturou, fez o diabo. Só que consegui fugir e roubar uns documentos. Esse nome aí, Organon, aparece em todas as páginas.

– O que tinha nesses documentos? – perguntei.

– Uma ficha completinha de tudo sobre mim, meus pais biológicos, tios, avós e bisavós. Não é só nome, não.

Tipos sanguíneos, históricos clínicos, tudo...

– Posso ver? – perguntou Eder.

– Pode. Estão na casa da Yumi, minha amiga, posso trazer aqui.

Klaus pareceu mais pensativo que o normal. Quando sentiu minha curiosidade, tomou a iniciativa.

– Passei anos escondido, porém nosso encontro ressuscitou em mim a necessidade de redescobrir quem eu, ou melhor, nós somos.

– O que cê vai fazer? – perguntei.

– Perguntas. Revisitar o passado.

– Cês acreditam nesse negócio de alienígenas? – perguntou Eder. – Acham isso possível?

– Determinar o que é possível ou não é uma tarefa ingrata nos dias de hoje. No lugar de vocês, me concentraria no que Regina não disse.

Em seguida, pôs a mão em meu ombro e disse em tom bastante sério:

– Devo me ausentar por alguns dias, mas volto.

– Certo.

– Posso lhe pedir um imenso favor?

– Claro.

– Tito precisa de proteção. Pode abrigá-lo até eu voltar?

– Há, sim... A-acho que sim. Deixa comigo.

– Você tem uma decisão importante para tomar e sugiro que a faça o quanto antes, irmão, mas, se me permite um aviso...

– Claro.

– Se descumprir o acordo com a Organon e continuar com isso, sua vida e a de todos à sua volta será mais difícil. Muito vai ser exigido de você. Qualquer iniciativa sua de uma vida normal será impiedosamente frustrada pelas consequências que a máscara trará.

– Uau. Isso foi um aviso ou uma ameaça? – brincou Eder.

– No entanto, as duras pancadas que suportou por dias e noites a fio, as escolhas difíceis que fez e que tanto lhe custaram, salvaram vidas. Você inspirou a mim, Tito e provavelmente transformou para sempre a rotina desta cidade. Se antes eu considerava o Cidadão Incomum a personificação infantil da busca irresponsável por uma relevância vazia, hoje o vejo como um potencial agente de transformação. Sua presença e doação trarão novos questionamentos que pavimentarão nossos destinos. A escolha é sua.

– Sem pressão – disse Tito.

Klaus desapareceu diante de nossos olhos e ficamos em silêncio por algumas horas.

Eu tinha duas opções. Um, aposentar a máscara e me submeter à Organon que, apesar do sistema cruel, prometia trazer estabilidade, harmonia e respostas. Ou dois, continuar como Cidadão Incomum, aprimorar e usar meus poderes para ajudar e proteger as pessoas, correndo todos os riscos de uma vida clandestina, mas gozando de mais liberdade.

Passei a madrugada inteira ponderando esses dois caminhos.

No dia seguinte, deixei Eder se debruçar nos documentos que Tito trouxe logo pela manhã e caminhei por umas três horas até chegar a um prédio comercial no centro da cidade, onde ficava um conhecido escritório de advocacia. Era mais ou menos umas onze da manhã. Entrei na recepção, me sentei e esperei por mais de uma hora até que vi um homem forte, de barba grande e muito bem-vestido sair do elevador, passar pela catraca de segurança e caminhar para fora do prédio. *Felipe*. O segui até um restaurante que, pelo horário, não estava tão cheio. Sentou-se sozinho em uma mesa pequena, fez seu pedido sem olhar para o cardápio e esperou.

Me aproximei, sorri e perguntei se podia sentar. O homem estranhou, olhou para as outras mesas vazias e disse que não.

— Mas eu preciso falar com o senhor.

— E quem é você? — perguntou impaciente.

— Meu nome é Caliel.

— Não conheço.

— Sua filha me conhecia.

Arregalou os olhos.

— Posso me sentar? Prometo ser rápido.

Acenou com a cabeça e me sentei. Tivemos quatro segundos de um silêncio que, para mim, demorou a vida toda. Reuni coragem e falei:

— A filha do senhor era uma grande fã do meu trabalho. Não tive acesso a todas as histórias que ela escreveu, mas soube que muita gente gostava. Tenho certeza de que ela teria sido uma grande escritora. Entretanto, diante de tudo que aconteceu, vim pedir sua autorização para que eu continue trabalhando.

– Quem é você, afinal?

– Eu sou o Cidadão Incomum.

Pausa. Não mudou uma linha de expressão, porém as cores e formas que saíram dele eram de pura raiva.

– Isso é algum tipo de brincadeira?

– Não. Eu sou o Cidadão Incomum, a pessoa que... o senhor provavelmente viu na televisão ontem. Quero que saiba que o que aconteceu com a sua família também me destruiu. Não é por isso que eu faço o que eu faço.

– Por que você faz o que faz? – perguntou ele apertando os lábios.

– Para ajudar, para que saibam que pessoas como eu existem. Só não quero que o senhor sofra toda vez que ver ou ouvir falar de mim. Por isso, lhe dou agora o poder de decidir se devo ou não continuar.

Felipe olhou para baixo e juntou as sobrancelhas como quem segura uma dor enorme. Houve um momento em que achei que partiria para cima de mim, que ligaria para polícia ou faria um barraco, mas aquele homem grande e forte como um touro pôs as mãos no rosto e começou a chorar copiosamente. Esperei em silêncio.

– N-não foi culpa sua... – disse ele, visivelmente fragilizado. – Sabe quando você não percebe o que diz... quer dizer, dois dias antes de acontecer, minha filha perguntou se ela podia voar... e eu... disse que sim! Eu disse que ela podia fazer o que quisesse, desde que acreditasse nela própria e trabalhasse bastante! Mas... oh, meu Deus... esqueci que estava falando com uma criança. Não achei que... não parecia que o "voar" era literal, entende? Não sabia que você era... que isso de gente voar existia... e, ah, depois que ela... que tudo aconteceu, eu quis te culpar, mas, pelo que soube, você... você ajuda as pessoas. Isso é bom.

Não tinha a mais vaga ideia de como digerir o que ele dizia.

— N-não precisa se, quer dizer... — continuou o pai de Joaquina. — Não pare de ser o Cidadão Incomum. Talvez... talvez você represente essa nova era de que tanto falam. Só saiba que, quando pessoas acreditam em você, tudo que fizer e disser importa. Só... vigie-se.

— Muito, muito obrigado, senhor Felipe.

— Obrigado você, senhor Incomum. E, se precisar de um advogado, estou à disposição — disse, me entregando um cartão.

Apertamos as mãos e caminhei para fora do restaurante.

— Ei! Espera um pouco.

Felipe tirou do bolso da camisa um pequeno broche vermelho em formato de coração com ossos em volta, como a bandeira dos piratas.

— Joaquina adorava pregar e pendurar essas coisas nas fantasias. Acho que ela ia gostar que ficasse com isso.

Peguei o broche, sorri, e nos separamos.

Cheguei em casa no meio da tarde, com um trilhão de pensamentos por segundo. Eder, aliviado ao me ver, me puxou de canto.

– Mano, tentei te ligar o dia todo!

– Tava ocupado.

– Enfim, você não vai acreditar no que descobri!

– Fala! Não faz suspense, porque já tô com a ansiedade lá em cima.

– Os documentos do Tito.

– O que tem?

– Há, ele... bom, o Tito não foi sempre Tito. O nome de nascença dele é Tatiana Camargo.

– Uhhh! Ele é um menino trans. Isso explica!

– Explica o quê?

– As coisas que ele dizia quando estava em surto.

– Ah, tá. Beleza, mas não é por isso que essa descoberta é importante.

– Me esclareça.

– Tatiana Camargo é um dos nomes da lista.

– Putz! Isso é bom, certo?

– Depende do ponto de vista. Klaus memorizou esses nomes há quinze anos, Tito tem dezoito. Por que o nome dele estava lá? Daí, pesquisando um pouco, bom, vem ver...

Eder me mostrou imagens e documentos sobre um escândalo que ligava um laboratório farmacêutico e um deputado federal a uma série de sequestros de pessoas em situação de rua em São Paulo, Bahia e Amazonas. Segundo os relatos de quem sobreviveu aos sequestros, as vítimas serviam de cobaias involuntárias em testes de novas substâncias. Tudo acontecia com o aval do político que queria "limpar as cidades" dos moradores de rua. Mas uma denúncia anônima levou a Polícia Federal até o laboratório e o esquema foi desfeito.

– O pior – disse Eder – é que isso foi divulgado dois anos atrás por uma jornalista e ninguém foi preso! Centenas de pessoas ainda estão desaparecidas e a grande mídia nem cita o caso. Você precisa ouvir os relatos que baixei aqui.

– É um absurdo, mas o que tem a ver com a gente?

– Cheguei a esse caso digitando Organon na *deep web*.

– A força-tarefa.

– Exatamente. Agora, presta atenção porque vou revelar o nome do laboratório envolvido nessa atrocidade: OrgaFarma, cuja dona na época já era nossa querida vilã, Regina Albuquerque.

– Meu Deus...

– Calma que tem a cereja do bolo. Comparando os nomes dos desaparecidos nas atas oficiais do processo com os dos familiares de Tito que são citados nos documentos que ele trouxe, descobri o quê? Que a mãe biológica do nosso novo amigo é uma das desaparecidas.

– Ah, não. Ele sabe disso?

– Soube agora. Descobrimos juntos, tadinho.

– Foi criado em orfanato ou...

– Pais adotivos. E, aparentemente, a relação não é boa, não.

– E ele tá bem?

– Não muito. Parece que quando foi pegar os documentos e as coisas pra trazer pra cá, encontrou o apartamento em que morava com a amiga todo revirado.

– Putz! Já passamos por isso.

– Não gosto nem de lembrar.

– Cadê ele agora?

– No seu quarto, digo, no quarto da sua mãe.

– Tá. Vamos dar espaço.

– Hã, não acha melhor subir e conversar com o garoto? Sei lá, você é o dono da casa e acabou de perder a mãe também.

– Vou falar o quê, Eder? Mal conheço ele.

– Eu sei, mas, olha... Tô ligado que Tito não deixou uma boa primeira impressão, porém conversamos bastante de ontem pra hoje e, mano... o moleque é sensacional. Só tenta mostrar que ele está seguro, que vai ficar tudo bem.

– É. Tá bem. Vou lá.

Subi as escadas pensando no que ia dizer, mas me deparei com a porta fechada. Bati uma vez, duas, chamei por ele e nada. Imaginei que estivesse chorando, então abri a porta meio que me desculpando, no entanto não havia ninguém ali. A janela estava aberta. Amplifiquei meus sentidos para ver pelas estruturas da casa, e só encontrei a aura de Eder logo abaixo de mim.

– Tito sumiu – disse descendo as escadas.

– Sumiu como?

– Sumiu. Não tá aqui em casa.

– Ué.

– Cê tem o número dele?

– Tenho. Criei um grupo pra gente se comunicar.

Eder tentou contatar o garoto de todo jeito, sem sucesso. Fiquei preocupado na hora, depois pensei que ele talvez precisasse ficar sozinho. Eu também tinha essa necessidade vez ou outra. De qualquer maneira, aquela não foi a última vez que estivemos com Tito.

Passamos a tarde até o início da noite acompanhando as repercussões da minha aparição. O "homem voador não identificado" foi tema de praticamente todos os programas de rádio e TV. Youtubers e influenciadores digitais se dividiam entre os que acreditavam que o evento foi real e os que achavam que tudo não passava de uma pegadinha ou *marketing* viral. Entre uma notícia e outra, tratei de arrumar a casa e regar as plantas. Procurei deixar tudo do jeito que minha mãe gostava, para ter ao menos a sensação da sua presença.

Aquele foi um dia para colocar a cabeça no lugar. Precisava parar, respirar, acomodar as ideias e avaliar meus passos, o que não foi tarefa fácil, já que meu celular não parava de vibrar. Eram mensagens de amigos e colegas perguntando como eu estava.

– Lígia falou aqui que tá tentando te ligar, Caliel – disse Eder.

– Diga à ela que estou meio *off*.

– Ela tá insistindo.

– Mano, tô vivendo o luto. Amanhã respondo ela.

Era quase meia-noite quando, pela enésima vez, meu celular tocou. O identificador de chamada mostrava uma sequência de zeros. Achei melhor atender.

– Alô.

– Caliel, querido. Regina aqui, tudo bem? Pode falar rapidinho?

Cara, minha alma gelou. Estalei os dedos para Eder e coloquei a chamada no viva-voz.

– Preferiria falar amanhã. Tive um dia difícil.

– Eu sei, eu sei. Sinto muito por tudo o que tem acontecido. Mas não se preocupe. Vou ser breve.

– Tá bem...

– Ah, por onde começo? Bem, o que aconteceu ontem foi um desastre. Imagino que tenha tido suas razões, mas você não faz ideia do terror logístico e orçamentário que sua... performance me impôs. Quer dizer, o senhor não só fez o oposto do que havíamos combinado, como foi além e ultrapassou uma linha irreversível. Uma linha que nos custou anos, vidas e muito dinheiro para estabelecer.

– Só, hã, posso me desculpar, Regina...

– Imagina. Não precisa. Essas coisas são assim mesmo. Mas agora está claro que não compartilhamos da mesma visão de mundo, que nossos valores e métodos são inconciliáveis. Logo, não faz sentido todo o investimento que propus em nossa última reunião. Seria como colocar munição em uma arma apontada para mim.

– Entendo, claro... O que a senhora sugere então?

– Acho que podemos encerrar essa tentativa de acordo e deixar que a lei de causa e efeito siga seu curso natural, o que me diz?

– Causa e efeito? Está me ameaçando?

– De jeito nenhum, meu bem. Ninguém chega onde cheguei com ameaças. Bem, aproveite o luto e mais juízo nessa cabecinha oca, tá certo? Beijos para vocês.

Desligou. Eder e eu nos entreolhamos.

– Essa mulher é aterrorizantemente simpática – disse ele.

– "Beijos para vocês". Ela sabia que você tava aqui?

De repente, ouvimos carros pararem na frente da casa. Eram três, todos pretos e com faróis acesos. Olhei pela cortina da janela alguns homens de terno descerem e se aproximarem do portão.

– O que é isso? – perguntou Eder.

– O efeito. Acho que vieram matar a gente.

Foquei para visualizar a aura daqueles homens e foi aí, senhoras e senhores, que o super-herói entrou em pânico.

– Eder, corre pro quintal!

– Por que, mano? Vai lá e...

– Não posso! Meus poderes apagaram! Corre pro quintal!

Corremos, mas nos deparamos com Raoni bem no meio da cozinha. Ele vestia uma roupa preta, com um colete duro no peito e proteção nas articulações. Sorriu apontando uma pistola com silenciador.

– Mãos na nuca e voltem pra sala.

Obedecemos. Mandou Eder se sentar na poltrona, apontou a arma para mim e disse, quase sussurrando:

– Você vai lá abrir o portão. Devagar, na manha. Qualquer movimento errado, seu parça já era.

Passei pela garagem e abri o portão. Os outros homens me seguraram e me levaram de volta para a sala. Sentei no sofá em frente a Eder e esperamos em silêncio. Um dos homens estirou um enorme rolo de plástico preto no chão enquanto os outros vigiavam as portas. Aquilo estava acontecendo. Não era cena. A gente ia morrer.

Sentado e com as mãos atrás da cabeça, Eder chorava e rezava. Em um ato de puro desespero, rezei também e pedi em pensamento para que Klaus me ajudasse. Mas, claro, não tinha poderes. Mesmo se tivesse, o que ele poderia fazer?

– A-a gente pode negociar? – perguntei pensando em ganhar algum tempo.

Fui ignorado. Raoni caminhou pelo chão coberto pelo plástico e terminou de ajeitá-lo. Em seguida, pegou Eder pelo braço e o arrastou até centro. Mesmo apavorado, meu amigo não resistia nem dizia qualquer coisa. Minha mente, no entanto, não parava de buscar alternativas. Me concentrei nos bloqueadores. Onde eles poderiam estar? Reparei que Raoni usava um fone de ouvido diferente de todos que eu já tinha visto.

– Você é covarde, Raoni.

Não me respondeu, se posicionou a dois metros de Eder e olhou para mim. Continuei:

– Covarde. Frágil. Olha seu tamanho. Por que não baixa a arma e vem pro mano a mano comigo? Fui eu quem quebrou o seu braço.

– Não é pessoal – disse, apontando a arma para Eder.

Outro homem colocou um saco na cabeça de Eder, que tentou encolher as pernas, mas foi levantado com violência.

– É pessoal, sim. Você quer que eu veja meu amigo morrer antes de me matar. É pessoal pra caralho.

Com a arma mirada em Eder, Raoni disse:

– Tem razão. É pessoal.

Nesse instante, eu soube que ia perder meu amigo.

A IMAGEM DAQUELE HOMEM VESTIDO DE PRETO APERTANDO O GATILHO e a arma disparando contra a cabeça de Eder se repetiu umas trezentas vezes na minha mente e até hoje me assombra.

Mas não foi o que aconteceu.

No instante em que o desgraçado ia atirar, um dos seus homens o atacou com um golpe certeiro na laringe, o que surpreendeu e derrubou Raoni na hora. Quando se abaixou para pegar a arma do segurança, recebeu uma saraivada de tiros dos outros companheiros e caiu morto no chão. Eder se jogou no chão. Todos ali se entreolharam em silêncio e ajudaram Raoni que, ao se levantar e receber sua arma de volta, disparou tiros rápidos e certeiros contra a cabeça de todos os homens, exceto Eder.

Não entendi nada.

Raoni olhou para mim e deu dois passos na minha direção. Tinha um olhar vazio e os olhos um tanto amarelados. Retirou o estranho fone do ouvido, o examinou com cuidado, apertou um botão e meus poderes voltaram no mesmo instante. Jogou o objeto para mim e disse com a voz mais grave que o normal:

— Deu sorte, irmão. Deu muita sorte...

Cacete, era Klaus! Ele tinha dominado os corpos de Raoni e do outro sujeito. À distância, claro. Longe do alcance dos bloqueadores, ouviu meu apelo e fez o que precisava ser feito.

Nem tive tempo para comemorar. O assassino voltou rapidamente a si. Olhou para os lados como quem se recupera de uma tontura, viu seus companheiros mortos, Eder vivo e eu já de pé, sorrindo e chacoalhando no ar seu precioso fone-bloqueador de poderes. Até tentou apontar a arma e atirar contra mim, mas já era tarde. Me movimentei tão rápido e com tanta vontade, que, quando deu por si, sua arma já estava nas minhas mãos e seus dez dedos dobrados ao contrário. Cambaleou para trás e perguntou:

— C-como...?

— Eu nunca estou sozinho, babaca.

Até hoje fico feliz em lembrar que naquela noite só um homem gritou. E foi Raoni.

Ergui Eder, acendi a mão e tampei a boca do grandalhão, que não parava de berrar. Tentei induzi-lo ao sono, mas eu estava com a adrenalina tão lá em cima que não consegui.

Ao tirar o saco da cabeça, Eder olhou para os corpos, para todo o sangue que se espalhava embaixo dos seus pés e pareceu que ia entrar em choque. Acho que ele nunca tinha visto uma pessoa morta tão de perto. Tentei acalmá-lo, mas não deu outra. Partiu para cima de Raoni e começou a socá-lo descontroladamente. Parte de mim quis deixar Eder extravasar a raiva naquele maluco homicida, porém não era certo. Me concentrei, toquei a testa de Raoni enquanto ele apanhava, emiti um pulso de energia e desta vez consegui fazê-lo desmaiar. Afastei meu amigo, esperei que ele recuperasse o fôlego e disse:

– Pronto, mano... Ele perdeu, a gente ganhou.

– Quero... Uff... Quero botar fogo nessa Organon, Caliel.

– A gente vai e eu sei exatamente como começar.

– Sou todo ouvidos.

***

Uma hora mais tarde, o alarme silencioso do escritório principal de Regina foi acionado e toda sua equipe de seguranças armados até os dentes subiu os quarenta andares até a cobertura. O que encontraram, no entanto, foi... inesperado.

Raoni em choque e ajoelhado no chão, com os braços e pernas amarrados e os corpos dos seguranças à sua volta. Todos sobre o plástico preto ensanguentado. Não sei o que fizeram ou disseram porque, àquela altura, eu estava a uns bons quilômetros dali, acompanhando à distância Regina discursar durante a inauguração de um mutirão da saúde em um bairro carente de São Paulo.

— Devem chegar aí a qualquer momento — disse Eder através dos fones.

— Tomara.

Após o discurso, esperei pacientemente Regina abraçar e tirar fotos com dezenas de pessoas antes de seguir em direção a seu carro, acompanhada de seus homens. Tirei o celular de Raoni no bolso e liguei para o número da última chamada recebida. Ela atendeu.

— Relatório — disse Regina.

— Um a zero pra mim.

Ela parou de andar. Estava alto demais para ver sua expressão, mas suas cores ganharam um tom bastante amarelado. Ela ficou preocupada.

— Tá legal. O que você quer, moleque? — perguntou.

— Te ver presa e expor sua "força-tarefa". Que tal?

— Entendo, ok, está certo. Você provou seu ponto. Mostrou que é capaz de virar o jogo. Que tal conversarmos como adultos sobre isso?

— Adoraria. Afinal, a senhora é uma santa. Olha quanta gente feliz com a sua presença.

Regina olhou para os lados apavorada.

— Mas acontece — continuei — que descobri que suas empresas passaram anos cobrindo rastros bastante... incri-

minadores. Sequestros, assassinatos, propina, corrupção...
Uh! Associar minha imagem de super-herói a isso não seria uma boa estratégia.

– Você vai fazer da minha vida um inferno, não vai? – perguntou ela.

– Não ia, mas você mandou assassinos para a casa da minha mãe... então, entendi que seu problema comigo é pessoal.

– Acredite, garoto. Não é. O que vai fazer?

– Tirar você e a Organon do meu caminho e tomar o controle da narrativa.

– Posso saber como? Porque conheço pelo menos três pessoas que podem te matar só com um pensamento. Uma delas de um jeito bastante caloroso.

– Ah, lembro, lembro bem. Mas acho que a senhora não vai querer fazer isso.

– Por quê?

Enviei, através do aplicativo de chamada, um vídeo editado às pressas com tudo o que Regina falou durante nossa reunião, bem como a confissão de Raoni, dizendo que ela mandou me matar. Tudo captado pela câmera dos meus visores. Uma salva de palmas para Eder, senhoras e senhores.

– Filho da... isso não prova nada.

– Não, mas pode te dar uma baita dor de cabeça. Principalmente se a imprensa juntar isso aos seus problemas recentes com a polícia...

– Sabe com quem está falando, seu degenerado?! Não tenho problemas com as autoridades!

– Não?

Desliguei. Enfurecida, Regina caminhou em passos rápidos em direção ao carro e partiu junto à sua escolta. Mas não foi longe. Poucas quadras adiante, seu veículo foi cercado por viaturas da polícia. Ela teria muito o que explicar.

– *Timing* perfeito! – comemorou Eder.

Passei os dias seguintes acompanhando a repercussão. Era um título mais gratificante de ler que o outro:

DENÚNCIA ANÔNIMA LEVA POLÍCIA A UMA CHACINA NO ESCRITÓRIO DA MAIOR EMPRESÁRIA DO PAÍS.

HOMENS ENCONTRADOS MORTOS DENTRO DA EMPRESA DE REGINA ALBUQUERQUE ERAM SEGURANÇAS CONTRATADOS PELA EMPRESÁRIA.

SEGURANÇA SOBREVIVENTE DA CHACINA, RAONI MEGALE, FOI PISTOLEIRO DE ALUGUEL NO AMAZONAS.

CASO DOS SEGURANÇAS MORTOS REACENDE ANTIGAS DENÚNCIAS CONTRA REGINA ALBUQUERQUE.

Regina chegou a ser presa, mas conseguiu um habeas corpus. Eder achou que ela não nos deixaria em paz, mas o pesadelo jurídico em que a colocamos foi o bastante para que se afastasse por um bom tempo.

Só que, claro, minha guerra contra a Organon só havia começado. Regina aproveitou a projeção do escândalo para se candidatar ao governo do Estado nas eleições do ano seguinte. Se havia uma forma de aumentar seu poder e ainda se blindar de quaisquer acusações, era entrando para a política. Não importa a monstruosidade que façam, pessoas como ela sempre caem para cima.

Na antevéspera de Natal, passei a tarde ajudando minha irmã a encaixotar suas coisas. Tínhamos decidido que eu ficaria com a casa e ela com o sítio, mas ainda precisávamos assinar toda a papelada.

Quando levei a última caixa para o carro de Evandro, nos abraçamos bem forte e ela disse:

— A gente é irmão. Você sabe disso, não sabe?

— Claro que sei, Ana. Por que está me dizendo isso?

— Porque só temos um ao outro agora. Não some.

Sorri para ela e disse:

— Você sabe onde eu moro.

— Sei. Só tenta não destruir a casa, tá bom?

— Vou fazer o meu melhor.

— É sério. Cuida do que é seu.

— Pode deixar.

Entrei em casa, olhei bem para cada canto da sala e me perguntei: *o que diacho eu ia fazer com tanto espaço?* A grana do seguro de vida de minha mãe não era tão alta, mas me permitiu tirar algumas semanas para me organizar com tranquilidade.

Horas mais tarde, Eder apareceu com uma caixa de pizza e um punhado de papéis rasurados. Passou dias vasculhando o submundo da internet em busca de informações que incriminassem a Organon.

— A boa notícia é que não somos os únicos trabalhando para expor Regina — disse Eder organizando os papéis sobre a mesa. — Depois de horas negociando, consegui marcar um encontro com a pessoa que reuniu e divulgou as provas do escândalo da OrgaFarma com o Deputado Federal, no ano retrasado.

— Do desaparecimento de pessoas em situação de rua?

— Sim.

— Quem é?

— Solange Manfredini. Te soa familiar?

— Mais ou menos.

— Ela é jornalista política. Ou era. Pelo que entendi, precisou se afastar depois desse caso.

— Certo. E qual é a má notícia?

— Pessoas estão morrendo carbonizadas — respondeu, tirando uma fatia da pizza já fria.

— Como?

— Queimadas, de dentro para fora.

— Fala direito.

Eder terminou de mastigar o pedaço e disse, com mais calma:

— A polícia está investigando, mas, ao que parece, cinco pessoas foram encontradas mortas, esturricadas, nas últimas setenta e duas horas. O que elas têm em comum? Estavam na folha de pagamento da OrgaSecur.

– Regina está queimando arquivo.

– Literalmente. Alguém da imprensa vazou o laudo preliminar e olha só: ao que parece, as queimaduras surgiram no interior das vítimas. Isso te lembra alguma coisa?

– Da noite que quase me mataram em Salvador.

– Essa mulher está se articulando rápido, Caliel. Uma hora ou outra, ela vem com tudo para cima da gente. O que impede essa psicopata de mandar incendiar você de novo?

– Isto – tirei o fone bloqueador de poderes do bolso.

– Isso ajuda, mas não resolve.

– Tem outra sugestão?

– Tenho. E se fizéssemos exatamente o que Regina teme que a gente faça?

– Explica melhor.

– O Cidadão Incomum não é mais uma lenda. Ele agora é parte da vida das pessoas, certo? A gente tem que assumir uma posição. Não dá mais pra se esconder mais ou menos e aparecer mais ou menos. Você é ator. Já pensou em virar influenciador?

– Quê?!

– Vamos colocar o Cidadão Incomum na internet. Mostrar que ele existe, que é real. Se qualquer ameaça grave aparecer, a gente denuncia na hora e dá nome aos bois.

– Imagina, Eder! Qualquer imbecil que rastrear a origem das postagens chega até a gente!

– Driblar rastreio e postar vídeos de forma anônima é fácil, fácil, meu velho. Sopinha no mel.

– Não sei. Tenho medo de que as pessoas surtem.

– As pessoas surtam quando não sabem o que está acontecendo. Se a gente fizer direito, expor o que acontece com você, a gente humaniza esse bicho papão que o Cidadão Incomum virou na cabeça do povo. É um trampo de médio prazo. Vamos sentindo.

A ideia era tão ruim, tão ruim, que era ótima. Tínhamos muito o que ponderar. Não estava pronto para uma decisão daquelas.

No dia seguinte, fui ao apartamento buscar o restante das minhas coisas. Pensei em convidar Eder para morar comigo, mas desisti. Senti que precisávamos de privacidade novamente. Continuaríamos a trabalhar juntos, cada um em seu lugar. Era o fim de uma época que sabíamos que ia deixar saudade, apesar de todo o perrengue que passamos juntos.

Quando coloquei a última caixa no porta-malas do carro, vi um motoboy estacionar ao lado e perguntar por mim para o porteiro, que logo me chamou. O sujeito me entregou uma pequena caixa mal embrulhada em papel pardo, pediu que eu assinasse um recibo e foi embora.

Entrei no carro, o motorista partiu e examinei a caixa com mais cuidado. Podia ser uma bomba? Podia. Então, estiquei o tempo, ampliei meus sentidos e a desembrulhei com todo o cuidado. Era um celular. Abri a tampa da caixa e vi o aparelho com um *post-it* grudado na tela escrito "Me liga". Fui na lista de chamadas recentes e, depois de pensar mil vezes, liguei.

– Caliel, Caliel... – disse uma voz masculina grave e madura.

– Quem é?

– Esta ligação é segura, mas está sendo gravada por mim. Tenho acompanhado de perto seus passos. Olha, estou surpreso... Não achei que você duraria tanto, para falar a verdade. Talvez seja essa história de Cidadão Incomum que bagunçou o sistema, mexeu com os protocolos... Regina simplesmente não sabe o que fazer. É hilário!

– Vou perguntar de novo. Quem é?

– Um aliado. Seu, espero.

– Não tô convencido.

– Me diz uma coisa: Regina te contou alguma história pitoresca envolvendo seres de outros mundos, conspirações e como a Organon trabalha duro e corajosamente para proteger o "tecido social" e desvendar esses mistérios tão importantes para a humanidade?

Não respondi.

– Aposto que contou. Toda a revelação de Regina não passa de uma invenção tosca e nada sofisticada, criada por mim décadas atrás para convencer pessoas como você a serem estudadas e, o que vim a saber depois, torturadas.

– Como sabe que estive com ela?

– Manoel era meu garçom, amigo e confidente durante anos. Foi assassinado ontem. Queimado vivo.

– Sei. E aí você quer se vingar.

– Vingança é para crianças, para os menos esclarecidos. Sou velho. Busco paz e, quem sabe, redenção. Quero que a verdade venha à tona e que nossa dileta adversária e seus cúmplices sejam irremediavelmente responsabilizados.

– Hm. Desculpe, mas está difícil de acreditar.

– Soube que é capaz de saber se estão sendo sinceros contigo.

– Por telefone é mais difícil. O que você sabe sobre mim? – perguntei, escolhendo bem as palavras para o motorista não suspeitar.

– O que sei é que sua biologia não é fruto de intervenções extraterrenas. Suas habilidades compartilham uma origem mais... plausível e natural, embora não menos fascinante. Porém, meu rapaz, Regina está agora mesmo articulando sua rede de desinformação e preparando o terreno. Ela fará de tudo para que você morra ou se submeta à ela. Estou supondo que você também esteja movendo suas peças. Se sim, é urgente que me diga agora mesmo se me dará a oportunidade de ajudá-lo.

– Ok. Estou interessado, senhor...

– Clayton Matioli, seu criado. Mas as pessoas me chamam de Tio.

***

– Isso é tudo, seu Caliel? – perguntou o motorista da Kombi da instituição de caridade.

Olhei para as muitas caixas com roupas e pertences de minha mãe empilhadas dentro do veículo. Dei um longo suspiro e respondi.

– Acho que sim.

– Em nome do Instituto Meninos de São Judas Tadeu, agradecemos a doação – disse o homem sorrindo.

Me entregou um folheto junto com o recibo e partiu. De minha mãe ficaram apenas fotos, arquivos, cartas, algumas pastas e uma casa que acabara de ficar grande demais sem os objetos que ela gostava. Fiz questão de manter o quintal intacto. Até regava as plantas. *Mas como trazer de volta à vida os cômodos que me viram crescer?*

Subi as escadas e vi Eder debruçado sobre o monitor no escritório que minha mãe montou antes de morrer, no meu antigo quarto. Era estranho pensar que o local onde meus poderes despertaram pela primeira vez se tornara uma espécie de central para nossa nova e midiática empreitada.

– A onda que você criou tá batendo na bunda de muita gente – disse Eder sem tirar os olhos da tela.

– Explica.

– Tanta coisa rolando ao mesmo tempo que nem sei por onde começo.

– Começa pelo co...

– Ontem um cara sozinho derrubou sete policiais em Paraisópolis. Sete!

– Sozinho?

– No soco. E parece que ele tem o mesmo fetiche por

máscaras que você, se liga...

Eder abriu espaço e vi um vídeo gravado por alguém atrás de uma janela, de um homem negro, vestindo roupas comuns e uma máscara branca no rosto, caminhando lentamente na direção de homens armados que, atrás de um carro, não paravam de atirar.

– Ele nem sente os tiros, mano. Olha a roupa do cara se desfazendo com as balas.

– É. Nem pisca. Que incrível.

– Incrível, Caliel?!

– Não é?

– Seria se esse sujeito tivesse um "s" no peito e se aqueles caras atirando fossem bandidos e não policiais! Eu chamo essa cena de "estamos ferrados".

– Vou fazer rondas rápidas por Paraisópolis a partir de hoje. Ver se capto alguma coisa. O que mais tem aí?

– Tá, há... Mais duas pessoas carbonizadas em menos de um dia e a polícia não faz nem ideia do que está acontecendo.

– Posso entrar em contato com aquele investigador que ficou na nossa cola.

– O tal Loschiavo? O cara é perturbado e te odeia, Caliel. Tira a polícia disso.

– Por que esses assassinatos não saem na grande imprensa?

– Porque Regina está fazendo a parte dela. Mas alguém por aí está vazando informações, laudos da perícia médica e até mensagens e áudios sobre o caso em tempo real para canais, blogs e podcasts. Adoraria saber quem é. Está começando uma guerra de informação aqui.

– Algum sinal do Tito?

– Nada. Tô começando a achar que o garoto se meteu em alguma roubada.

– Vou sair hoje à noite e ver se o encontro. Vamos precisar dele.

– Vamos precisar de muita gente.

Derrubar a Organon, reunir provas e levar tudo a conhecimento público, pouco importando o que isto custasse. Essa era a nossa missão e, sim, eu estava feliz porque havia encontrado um propósito. Me sentia confiante e confortável comigo mesmo. Parecia que a vida, mesmo a trancos e barrancos, estava sob controle. Eu sabia que ia vencer.

A campainha tocou. Eder e eu nos entreolhamos.

– Fica aqui – falei.

Olhei pela janela da sala. Era Lígia. Estranhei. *Por que ela apareceria na minha casa do nada?* Suspeitei o pior e ampliei meus sentidos, mas não vi nem senti nada além de um ponto de angústia que vinha dela. Olhei para meu aplicativo de mensagens e vi dezenas de mensagens dela pedindo para falar comigo. Bati com a palma da mão na testa. Tanta coisa aconteceu que eu praticamente ignorei a garota.

– Olha quem resolveu aparecer! – exclamei, abrindo o portão.

– Cheguei em má hora? – ela perguntou, exalando

preocupação.

– Hã, não exatamente. Eu só estava...

Assim que o portão se abriu, Lígia me abraçou forte e disse baixinho:

– Sinto muito pela sua mãe.

– O-obrigado, Li...

Ela se afastou com um passo para trás. Havia muita apreensão saindo dela.

– Quer entrar? – perguntei.

– Quero. Quer dizer, antes, desculpa. Eu sei que está em um momento delicado. Não queria de jeito nenhum estragar seu luto, mas...

Pausa. Seus olhos encheram d'água.

– Mas o quê, Lígia?

– Estou grávida, Caliel.

O tempo parou, minhas mãos faiscaram.

– Você está o quê?!

Vida sob controle. Sei.

(NÃO É O) FIM.

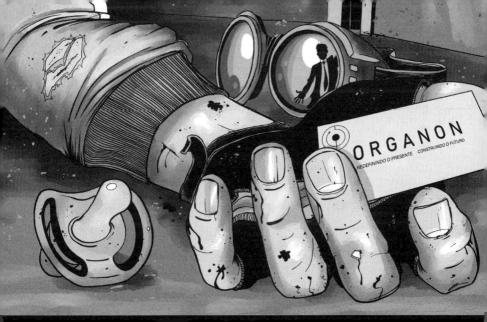

Dados Internacionais de Catalogação na Publicação (CIP)
(Câmara Brasileira do Livro, SP, Brasil)

Ivo, Pedro
O cidadão incomum 2 – Surreal / Pedro Ivo. –
Cajamar, SP : Conrad Editora do Brasil, 2023.
240 p. : il. ; 14cm x 21cm.

ISBN 978-65-5803-191-8

1. Ficção brasileira 2. Super-heróis I. Título.

16-06871   CDD-869.3

Índice para catálogo sistemático:
1. Ficção : Literatura brasileira 869.3

Elaborado por Odilio Hilario Moreira Junior - CRB-8/9949

Índice para catálogo sistemático:
1. Literatura brasileira: Ficção 869.8992
2. Literatura brasileira: Ficção 821.134.3(81)

Conrad Editora
Rua Gomes de Carvalho, 1306 – 11º andar, Vila Olímpia
São Paulo – SP   04547-005
Tel.: 11 2799.7799
atendimento@grupoibep.com.br

© 2023, Pedro Ivo
© 2023, Editora Conrad
Todos os direitos reservados.
1ª edição – São Paulo – 2023

Diretor-Presidente: Jorge Yunes
Gerente editorial: Cassius Medauar
Editora: Marina Taki Okamura
Estagiária editorial: Ana Marcílio
Suporte editorial: Nádila Sousa e Fabiana Signorini
Coordenadora de produção: Juliana Ida
Coordenador de arte: Denis Takata
Consultoria: Guilherme Kroll
Gerente de marketing: Renata Bueno
Analistas de marketing: Juliane Cardoso, Anna Nery e
Luiz Andrade
Estagiária de marketing: Mariana Iazzetti
Direitos autorais: Leila Andrade
Preparação de texto: Raphael Fernandes
Ilustrações: Pedro Ivo

Impresso na Leograf Gráfica e Editora - Julho/2023.

PEDRO IVO é escritor, roteirista e artista de quadrinhos. Formado em interpretação para teatro e TV, largou os palcos para se debruçar no universo do Cidadão Incomum, que mescla super-heróis e terror nacional. É coautor e ilustrador do livro *Entre Mundos*. Além de trabalhos para o audiovisual, Pedro atende como storyteller em grandes projetos de games, tecnologia e inovação. "Como artista e profissional, o meu negócio é criar peças de entretenimento NO Brasil e PARA o Brasil".